STIFTERSTUBE

Jürgen Reimer

Stifterstube

Erzählung

Bibliografische Information der Deutschen Nationalbibliothek:
Die Deutsche Nationalbibliothek verzeichnet diese Publikation in der Deutschen
Nationalbibliografie; detaillierte Daten sind im Internet über
http://dnb.d-nb.de abrufbar.

Satz, Umschlagdesign
(unter Verwendung des Gemäldes „Bauernhochzeit" von Pieter Bruegel),
Herstellung und Verlag: Books on Demand GmbH, Norderstedt
ISBN: 978-3-8334-8395-0

Nunc vino pellite curas
Horaz

Der Kellner begleitet Herrn König zu seinem Platz, bringt ihm die Zeitung. Herr König ist Stammgast im Weinlokal ‚Stifterstube'.

Peter König legt die Zeitung beiseite und stöhnt: Ich muss mein Selbstbewusststein wiederfinden, indem ich meinen Bauch reduziere und mich sorgfältiger kleide.

Seit Tagen verfolgt ihn eine Szene: Er sieht seine Exfrau vor sich.

Lisa fragt: Hast du was mit dieser Anna?

Komische Frage.

Bitte antworte mir.

Er zögert einen Augenblick. Nein, lügt er.

Das klingt nicht überzeugend. Anna sprach heute Abend auffallend viel über Max Beckmann, den Maler, den du bewunderst. Ein merkwürdiger Zufall.

Er zuckt mit den Achseln: Sie ist nicht mein Typ.

Der Kellner bringt den Wein.

Immer wieder Vorsätze, Vorsätze. Haben sie etwas bewirkt? Nichts. Der allzu schwache Wille hinkte hinterher.

Eine Frau: Wir haben drüben beim Italiener gegessen. Spaghetti Bolognese im Angebot und ein Getränk inklusive. Man konnte wählen zwischen Coca, Fanta und einem Glas Rotwein. Aber überall nicht abgeräumte Teller mit Pastaresten. Schrecklich finde ich die knallroten Tische und Stühle. Und hier die hellen blanken Holztische. Herrlich. Diese niedrige schwarze Balkendecke. Hier schmeckt ein Glas Wein nach dem Einkauf am Vormittag.

Ein Gast zur Kellnerin: Ich stecke voller Aggressivität. Ein kleiner Ärger, und Hassgefühle brechen aus mir heraus. Ich weiß nicht einmal gegen wen sie sich richten.

Der Bauch muss weg, denkt König. Ich muss mir Eitelkeit suggerieren.

Es gibt auch die Liebe zu seinem Kind, flüstert er vor sich hin. Es war aber doch so laut gesprochen, dass ihn sein Tischnachbar, ein Schriftsteller, hören konnte.

Es gibt sicher viele, die sich für ihr Kind, das sie lieben, opfern würden, meint der Autor. Die Liebe ist unabhängig von ihrer Erfüllung, man darf sie nicht zurückfordern.

Richtig, murmelt König. Die tiefe Liebe zu einer Frau oder einem Kind wird ja nicht immer erwidert. Manchmal denke ich: Unerfülltsein ist die Voraussetzung für den Bestand einer tiefen Liebe.

Der dicke Kellner Rudi bedient während der Morgenstunden. Er atmet schwer.

Wenn ich mal nicht mehr trinke, sagt König, kann ich noch eine Welt erobern.

Ein Bekannter kommt hinzu, hört seine Worte und sagt: Aber die neue Welt musst du jetzt endlich auch einmal erobern, Peter.

Der dicke Kellner sagt zu neuen Gästen: Dieser Tisch ist ab 13 Uhr bestellt. Langt's?

Die Gäste nicken. Einer von ihnen sagt: Nicht einmal für Bratwürste, die ich gern noch gegessen hätte, reicht die Zeit. Also doch nur auf ein Glas Wein.

König: Ich versuche ein neues Leben. Ich bin durch den Krieg als Kind innerlich zum Chaoten geworden. Ich war nur zwei Jahre Soldat, mit 18, ganz zum Schluss, Sanitäter. Die vielen Leichen, das Gestöhne im Lazarett. Das bricht immer wieder durch. Im Kopf meine ich.

Man hat mir die Kindheit gestohlen. Ich möchte eine Welt aufstoßen, eine Welt der Zukunft. Ja, ich will wieder Zukunft. Raus aus der Vergangenheit, die wie eine Wand vor mir steht.

Sein Nachbar: Zukunft gibt es nur durch eine aktive Beschäftigung.

Ein Rentner: Wenn ich die Nacht verschlafe, versäume ich das Leben. So dachte ich in der Jugend. Ja, und später auch noch. Das Leben, was ich mir damals darunter vorstellte ...

Mir geht es seit Tagen schlecht, grübelt König. Ich kann, so merkwürdig das klingt, diesen Zustand auch genießen. Ja, so ist es. Wenn es nicht um akute Schmerzen geht, kann ich ein Stimmungstief genießen. Ich muss die Gesundheit bejahen, zum Frischsein, zum Fitsein ein anderes positives Verhältnis bekommen. Warum habe ich ein gebrochenes Verhältnis zur Tüchtigkeit, zum Gesundsein?

Der Schriftsteller: Das kenne ich auch. Ich habe eine heimliche Liebe zum Morbiden, Unsoliden, Unkorrekten. Mit einem Wort: zur Nachtseite des Lebens, die das Dunkle, Lasterhafte bei sich verborgen hält. Ich fand die Einstellung meiner kleinbürgerlichen Eltern langweilig, die immer korrekt und ordentlich erscheinen wollten. Gesunde Frische, Sportlichkeit bedeutet für mich Tageshelle, auch Optimismus und ein Glaube an den Fortschritt. Alles das, diese Mentalität ist mir zuwider, unsympathisch.

König: Meine Rückkehr zum Alkohol nach einer langen Abstinenz war jedes Jahr eine Art Spiel mit dem Feuer, das ich schon unter Kontrolle zu haben glaubte. In diesem Jahr habe ich mich wohl besonders verbrannt. Ich komme von meiner Frau nicht los, das ist es.

Was Lisa wohl jetzt tun mochte?

Er hatte seinem Sohn zum 18. Geburtstag ein Handy schenken wollen.

Was hältst du von einem Handy? Jens hatte zunächst geschwiegen, keine Regung gezeigt. Ich weiß nicht, Papa, ich möchte von dir kein Geschenk.

Diese Worte hatten Peter König weh getan.

Im Malen, denkt König, liegt meine Zukunft. Jede Droge reißt den Menschen früher oder später in den Abgrund.

Der Einzelgänger.

Die Gegenwart dieser Menschen hier gibt ihm eine wohltuende Wärme. Das Bekanntsein in diesem Lokal gibt ihm ein Gefühl von Geborgenheit. Wenn ihn keiner grüßt und ihn trotz seiner Erwartung nicht zu kennen scheint, dann wird er seinerseits gesprächig. Wie geht's? fragt er die Kellnerin und versucht auf seine linkische Art eine nette Geste zu machen. Er will sagen: Ich bin wieder im Lande. Aber er unterlässt es aus Furcht, man würde darauf nichts erwidern.

Es schreit in ihm nach einem Menschen, mit dem er sprechen kann. Der banalste Ausdruck einiger Worte, er wäre eine Hilfe bei dem Versuch, die Klammer des Alleinseins von der Brust zu lösen.

Ich habe Angst vor der Bosheit der Menschen, denkt er, von ihnen mit Absicht isoliert zu werden. Immer lauert die Angst: Keiner mag dich.

Eine geschiedene Frau: Ach, mein Mann, der Eckhard. In seinem Fall war es kein Busen, sondern ein wohlgeformtes weibliches Hinterteil. Er träumte von weiblichen Hinterteilen. Sie ließen ihn nicht los, gaben ihn nicht frei. Das weibliche Hinterteil war für ihn kein gewöhnlicher Arsch, sondern ein Mysterium, von einem Geheimnis umgeben. Hätten es nicht andere weibliche Attribute sein können? Eine Haarpracht zum Beispiel oder die Augen? Diese Attribute umgibt eine Aura des Zärtlichen, nicht die einer wilden Begierde, der es nie auf die Person ankommt. Wäre das nicht zivilisierter, gesitteter gewesen? Aber das war nicht der einzige Grund, der uns einander entfremdete.

Einer erzählt: Ich musste um die 40 gewesen sein, es war, als hätte ich einen gewaltigen Verlust erlitten, etwas verloren, das trotz aller möglichen Versuche nicht zurückzugewinnen war. Dieser Schmerz erinnerte in seiner Art an einen Liebeskummer. Aber es war kein Liebeskummer. Das Gefühl, Unwiederbringliches für immer verloren zu haben, hatte mich wie ein Schockerlebnis überrascht.

Die Begegnung mit dem Mädchen war nur ein Anlass. Hinter ihrem für mich herben Weggang verbarg sich mehr. Es schien, als würden die Eltern mich von dem Kontakt mit allen jüngeren Menschen wegreißen wollen. Ich glaubte zu erwachen. Das Elternpaar hatte den noch schwelenden Erotiker in mir zum Erlöschen gebracht. Der schmerzhafte Abschied von einer Phase meines Lebens war vollzogen.

König grübelt: Ja, er träumt von Ausstellungen, saugt jedes Lob ein, lechzt nach Anerkennung von kompetenter Seite. Sie ist ihm bisher versagt geblieben.

Seine vielseitigen Interessen erlauben ihm nicht, in einem einzigen Beruf Karriere zu machen. Er verströmt sich in unzähligen Hobbys. Er bewundert die alten Holländer. Die Worpsweder und Paula Becker sind seine Vorbilder.

Manchmal hatte mein Opa das Bedürfnis, sich selbst zu loben, erzählt König. Er hielt ein Bild mit ausgestreckten Armen vor sich hin, sagte: Das ist doch schon ganz gut. Aber ich müsste frecher sein. Er meinte mit ‚frech' wohl das gewählte Motiv und die Farbgebung und einen kräftigeren Pinselduktus.

Er bezog sein Selbstwertgefühl aus dem Glauben, er gehöre zu der Zunft hochbegabter Maler. Er besaß eine Virtuosität im Porträtzeichnen. Über die Moderne spottete er. Er orientierte sich an Malern wie Leibl und Trübner. Aber Otto Modersohn war sein größtes Vorbild.

Er liebte mich, seinen Enkel, und hat mir in meiner Kindheit und Jugend sehr viel Gutes getan. Ich habe bei ihm das Zeichnen gelernt.

Er hat sich überschätzt. Trotzdem bin ich ein wenig traurig, dass seine Landschaftsbilder zu seinen Lebzeiten wenig gewürdigt wurden.

Der Einzelgänger sitzt als stiller Mensch in der Runde der alten Herren. Er will sich durch einen Witz hervortun, auf sich aufmerksam machen.

Zum dritten Mal fragt er: Was ist der Unterschied zwischen – und – ? Er hofft, die anderen durch einen Witz zum Lachen bringen zu können. Der verzweifelte Versuch eines Außenseiters, Prestige zu gewinnen. Aber die anderen gehen auf seinen schüchternen Versuch nicht ein. Schließlich, nach dem dritten Anlauf, resigniert er.

Die ständige Angst, respektlos behandelt zu werden, denkt er, so unsicher bin ich meiner selbst. Aber wenn ich nicht leiden will, muss ich Menschen meiden. Ich empfinde ständig ein Rachebedürfnis. Ich fühle mich auch sehr leicht gekränkt. Innere Ruhe finde ich erst, wenn ich dem Menschen, der mich kränkte, durch verbale Aggressivität etwas heimgezahlt habe. Der innere Rechtsfrieden muss wieder hergestellt werden, wenn ich nicht unter einem ständigen Groll leiden will.

Ich möchte meinen Komplex befriedigt sehen. Bleibt eine Anerkennung aus, entsteht bei mir das Gefühl des Gekränktseins, das in Hass, Rachegedanken umschlagen kann.

Der Hass auf Personen, von denen man glaubt, gekränkt worden zu sein, schwelt. Der Rachegedanke, das Rache-nehmen-Wollen, um sein Leiden zu kompensieren, entfaltet eine ungeheure Dynamik. Schließlich wird mein Bewusstsein nur von dem einen Impuls beherrscht. Ein Weiterleben in Frieden mit sich selbst kann es erst geben, wenn ich die schwere Kränkung ausgeglichen habe, der Racheimpuls befriedigt ist.

Oft kann ich nicht unterscheiden, ob es sich bei meinem Gegner um eine echte, das heißt beabsichtigte, oder eine nur von meiner Seite empfundene Kränkung handelt. Wenn der andere von meinem

Gekränktsein nichts weiß, kann er natürlich auch nie zu einer Entschuldigung bereit sein. Aber die Entschuldigung muss ja ausbleiben, wenn der andere keine Absicht hatte mich zu verletzen. Ich bilde mir also ein Gekränktsein oft nur ein. Ich quäle mich, ohne mich offenbaren zu können aus Angst, mich vor anderen mit meiner Empfindlichkeit lächerlich zu machen. Welch eine Energieverschwendung.

Ich fühle mich suspendiert, leide und denke ständig an Vergeltung, bin mir zugleich der Tatsache bewusst, dass mein Gegner es nicht auf eine Beleidigung meiner Person angelegt hatte. Ich entnehme es seiner Mimik und Gestik.

Ein Rentner: Schlafen, essen, Spaziergang, Skat spielen, Zeitung lesen, politisieren, sich aufregen und schimpfen, essen, schlafen. Und das seit zehn Jahren. Ich fühle mich wie auf einem Abstellgleis.

Ein anderer: Ich beginne jetzt mit 72 Jahren den zweiten Teil meines Lebens. Ich gebe meinem Tagesablauf eine andere Struktur.

Der Schriftsteller: Für den Lebensgierigen hat Literatur mit dem Tod zu tun, ein Gefühl, dass das Reflektieren über das Leben, die Darstellung des Lebens, das gelebte Leben zum Stillstand bringt.

Ein Pensionär: Ich stehe morgens um halb sechs auf, fahre mit dem Bus im Dunkeln, friere auf dem Bahnsteig des heimatlichen Bahnhofs, ertrage lange Zugfahrten, um hier in diesem Weinlokal ‚Stifterstube' zwei bis vier oder sechs Schoppen Wein zu trinken. Das mache ich jede Woche einmal. Es ist mein schönstes Hobby. Am Abend dasselbe zurück. Um elf Uhr zu Hause. Was meint Ihr? Ich bin 65 Jahre alt.

Die neue Kellnerin keucht, hustet, ihr Atem rasselt, während sie die Speisen austrägt. Sie sagt: Einmal Hasenkeule geschmort. Vorsicht bei kleinen Knochen und Schrotkugeln.

Der Gast spürt plötzlich einen scharfkantigen Splitter auf der Zunge. Es ist nur der eigene abgebrochene Zahn.

Kellner Matthias sagt zu einem Gast: Sie sind ein Mensch, der immer Anschluss findet.

Da sind Sie nicht allein, sagt der Kellner. Heute sind fast alle abhängig. Der eine verbirgt es besser als der andere. Sie, Herr König, trinken hin und wieder ein Glas zuviel.

Na und? Wer tut das nicht heute?

Eine Stimme: Manche Politiker wollen den Anschein erwecken, sie seien forsch und kräftig. Meistens ist das eine Rolle, die sie spielen, um beim Volk einem Bedürfnis nach Politikern zu entsprechen, die hart durchgreifen können.

Ein Philosoph: Und ich sage Ihnen, Herr König, hinter Ihrer Lebensgier verbirgt sich Todesangst. Lebensgier ist die Folge versteckter Todesangst.

König: Meine innere Zerrissenheit hat damit zu tun, dass ich von Lebensgier und dem Drang zum Geistigen gleichermaßen beherrscht werde.

Die innere Spannung, fährt König fort, zwingt zur Obsession. Menschen, welche diese Spannung nicht kennen, sind nicht von einer Maßlosigkeit bedroht, von Ausschweifungen und exzessivem Lebensdrang. Sie ruhen in sich, werden in ihren Handlungen von der Vernunft gesteuert.

Jemand fragt nach Irmgard. Irmgard? Nein, Irmgard arbeitet nicht mehr, sagt der Kellner.

Peter König träumt, sieht ein Bild vor sich.

Nichts regt sich. Vor ihm der von der weichen Herbstsonne beschienene Weg. Blätter zittern, kein Laut. In der Ferne rauscht ein Zug vorbei.

König denkt: Irmgard, die herzliche und burschikose Kellnerin weiß nicht, dass ich jetzt an sie denke. Viele denken vielleicht an mich, ohne dass ich jemals erfahre, ob und wann sie es tun.

Ich bleibe ein ästhetischer Mensch, sagt König. Ein Mensch, dem es um die eigene Person geht, der aus seinem Leben so etwas wie ein Ganzes machen möchte, indem er seine Anlagen verwirklicht.

Der Rentner: Die Fernsehabende werden immer langweiliger. Fernsehen stiehlt Leben. Was soll man mit den langen Abenden machen? Jeden Abend Frust. Man nimmt sich vor abzuschalten. Es kommt nicht dazu. Ich zappe abends von einem Sender zum anderen. Das Fernsehen schlägt unsere Zeit tot. Meiner Frau fallen um neun Uhr abends die Augen zu.

Ein pensionierter Lehrer: Die Republik ist verkommen zu einem Konsumladen, in dem lustlose, missvergnügte Menschen aneinander vorbeihasten. Das Bildungssystem ist von seinem Grundkonzept seit Jahrzehnten verrottet.

Wir haben nach dem Zweiten Weltkrieg die Ruinen beseitigt, alles neu aufgebaut, aber versäumt, uns selbst aufzubauen. Überall lauert Gewalt.

König allein. Das erste Glas heute. Der Wein schmeckt mir nicht. Mit diesem ersten Schoppen ist das Eis gebrochen. Jetzt gibt es kein Zurück mehr. Wie gut habe ich mich gefühlt, jetzt spiele ich wieder mit dem Feuer. Aber ein Leben ohne Alkohol – das kann meine Zukunft sein, meine Rettung. Doch doch, die Zukunft meines Lebens liegt in der Abstinenz. Na ja, hin und wieder. Ich will nicht bei den Sirenen verenden, bin schlau wie Odysseus. Wie er will ich mich schnell wieder in Sicherheit bringen, wenn ich ihren Gesang genossen habe.

Heute schmeckt mir der Wein nicht. Mein Gaumen hat nach Wochen der Abstinenz ein neues Bewusstsein bekommen.

Der Pensionär: Ja ja, ihr habt richtig gehört, ich pflege ein Luxushobby seit zehn Jahren. Die Entfernung ist wichtig, auf die kommt es mir an. Der hohe Preis ist die lange Rückfahrt.

Nach einem Streit hatte Lisa zu weinen angefangen, und plötzlich hatte sie mit Fäusten auf ihn eingehämmert. Wir waren früher so glücklich. Warum tust du das deiner Familie an?

Ein Mann nimmt neben ihm Platz. Peter König kennt ihn vom Tennis.

Wie geht es Ihrem Sohn?

König zuckt bei dieser Frage zusammen. Er hatte seit einem Jahr nichts von Jens gehört. Nach einem heftigen Streit war der Kontakt abgebrochen. Jens, das weiß Peter König, hatte immer eine starke Mutterbindung gehabt.

Dem geht es sicher gut, sagt er ohne jede Betonung.

König erzählt: Mein Vater war ein schwieriger Mensch. Ich trage sein Erbe in mir. Er hat mir oft wehgetan, seelisch meine ich.

Als ich während der Pubertät in der Schule versagte, rief er: Ich kann dir doch kein Mädchen ins Bett legen!

Geborgen fühlte ich mich nicht bei ihm. Ich spürte seine ewige Unzufriedenheit mit sich selbst, seinen heimlichen Hass auf alle Menschen, die es weitergebracht hatten als er. Dieser Hass äußerte sich in Neid und schonungsloser Kritik. Er war innerlich zerrissen. In ihm lebte etwas von einem Wüstling und einem Heiligen. Er litt unter Schuldgefühlen und machte sich bisweilen wegen eines vermeintlich begangenen Unrechts bittere Vorwürfe.

Aufgrund seiner latenten Leidenschaften und seiner Neigung zur Maßlosigkeit war er Moralist. Sein kompliziertes Wesen machte ihm zu schaffen. Er war begeisterungsfähig und bejahte den Rausch in jeder Form. Seine Lust am Streit war mir fremd. In ihm lebte etwas Atavistisches, Elementares. Ich habe seine Erlebnisfähigkeit geerbt, seine Begabung, Stimmungen zu erleben und bis zum Exzess auszukosten.

Er besaß eine starke Neigung zur Reflexion. Seine Genussfähigkeit und Sinnesfreude waren gebrochen durch das Wissen um Vergänglichkeit. Er hatte sein Leben lang Heimweh nach seiner Kindheit und Jugend und dem heimatlichen Boden, auf dem er aufgewachsen war. Seine Anlage zu einem seelischen Sado-Masochismus war

16

mir unheimlich. Er wusste wohl selbst um seine verhängnisvolle Anlage, Menschen, die er liebte, psychisch quälen zu müssen, um anschließend einen bitteren Lustgewinn daraus zu ziehen.

Ich weiß nicht, was bei ihm genetisch bedingt war und welche Verhaltensweisen sich durch Erlebnisse in seinem Leben herausgebildet hatten. Er war in seinem tiefsten Inneren ein Idealist, der von einer besseren Welt träumte und sich mit der ihn umgebenden Realität nicht versöhnen konnte.

Er sagte stets, was er dachte, machte nie aus seinem Herzen eine Mördergrube. Seine Unfähigkeit zur Diplomatie brachte ihm oft Ärger ein. Aber er hielt auch Konflikte aus. Manchmal schien es, als gewänne er aus einem Streit, den er nicht suchte, aber auch nicht scheute, wenn es um eine gerechte Sache ging, eine Stärkung seines Selbstwertgefühls. Eine Art Kompensation eines Minderwertigkeitsgefühls, das ihm zeitlebens zu schaffen machte.

Er wollte zunächst kein Vertrauen in die Fähigkeiten seines Sohnes haben, übertrug die eigenen Komplexe auf ihn und hielt diesen a priori für einen Versager. Er konnte aber auch mit Stolz reagieren, wenn der Sohn entgegen seinem vielleicht zweckgebundenen Pessimismus Erfolg hatte und avancierte. Er vertrat mit Überzeugung die preußischen Sekundärtugenden. Sie waren ihm anerzogen.

Alles in allem war er eine integre Persönlichkeit.

Ein Gast erzählt: Das war ein Erlebnis. Sie war sehr leidenschaftlich, fast in einem aggressiven Sinne. Ein merkwürdiger Charakter, der mich beherrschte, mich fast zerstörte. Wahrscheinlich musste mir diese Frau, die nur forderte, herrschsüchtig war, einmal im Leben begegnen.

Weil ich verliebt war, war ich gefesselt, nicht souverän. Das nutzte sie aus. Sie wusste, wie es um mich stand. Ein Ende mit Schrecken. Ich wurde in meiner Hilflosigkeit ihr gegenüber gewalttätig.

Der Nachbar fragt: Du hast sie geschlagen?

Nur einmal. Ich habe es bitter bereut, mich entschuldigt, um Verzeihung gebeten. Aber es war der Anfang vom Ende. Sie wurde durch mein Verhalten nur stärker, hat mich wohl gar verachtet. Am Ende half kein Betteln mehr.

Ich war jung damals. Wenn ich an die Liebesnächte denke – sie konnte nie genug bekommen, bis zum Morgengrauen. Das ist lange her.

Der Tischnachbar: Du warst verliebt und sie hat mit dir gespielt. Eine fatale Situation. Der Liebende ist nun einmal immer der Dumme.

Sie war mir auf ihre Weise überlegen.

Ja, ich kenne das. Man verliebt sich meistens, wenn man glaubt, der andere repräsentiere eine Welt oder einen Bereich, den du selbst nicht beherrschst. Der andere hat das, was du nicht hast und was du nicht kannst. Du spürst seine Überlegenheit.

Ja, dann wird der Eros geweckt.

Richtig. Der Eros in uns sucht das andere, das du zu deiner Ergänzung begehrst.

Es soll Frauen geben, fährt der Tischnachbar fort, die es nicht vertragen können, wenn ein Mann sie liebt und sie diesen nicht wiederlieben.

Ja genau. Ein Mann, der liebt, oder sagen wir auch nur verliebt ist, ist schwach. Das ist die Wahrheit. Ich glaube, das können die wenigsten Frauen vertragen.

Du hast wohl Recht. Die meisten Frauen wollen einen starken Mann.

Der ihnen überlegen ist.

Ja, dann erst können sie sich selbst verlieben.

Das ist ja alles furchtbar kompliziert.

Eine Frau: Mein Mann bekam spät abends einen Nervenzusammenbruch. Wir mussten sofort nach Hause fahren. Er bekam Angstzustände, ihm wurde alles zuviel.

Die Freundin: Ja ja, ich kann mir das vorstellen. Immer neue Hotels, die langen Flure, das Suchen morgens nach dem Frühstücksraum. Ich kenne das.

Und dann die Frage, wo und wann treffen wir uns morgen früh? Was hat der Reiseleiter noch gesagt? Ich habe es vergessen.

Und vergiss nicht die fremden Menschen. Die ersten zwei Tage wird man misstrauisch begutachtet. Die Freude, wenn man ein gleichgesinntes Ehepaar trifft.

Genau. Früher reiste ich als Single. Da gab es Paare, die sich abschlossen und sich zu zweit mächtig und überlegen fühlten. Als Single war man nur geduldet. Das Glücksgefühl, wenn man Anschluss findet und sich mit an einen Tisch von Leuten setzen darf, die sich schon kennen. Immer die Frage: Hoffentlich bist du ihnen sympathisch.

Wir sind ja auch sehr viel gereist. Aber einmal muss Schluss sein. Wir können im Alter nicht unruhig werden bei dem Gefühl, etwas versäumt zu haben. Wir haben alles gehabt. Mein Mann und ich waren 15 mal in Florenz. Beim letzten Mal haben wir uns gesagt: nun reicht's.

Wir haben einen Onkel, der 75 ist. Er leidet unter Versäumnisgefühlen. Aber jetzt hat er keine Zeit mehr alles nachzuholen. Die Kraft fehlt. Er wollte in seinem Leben einmal nach China, hat die Reise immer hinausgeschoben. Es kam immer etwas dazwischen. Und nun ist es zu spät. Das ist nicht schön. Je weiter die Zeit voranschreitet, um so quälender wurde für unseren Onkel Alfred dieses Gefühl: du hast keine Chance mehr.

Mein Mann und ich waren schon zweimal in China. Alfred will nicht, dass wir ihm davon erzählen. Das kann ich ja auch verstehen. Es würde ihm weh tun, sich unsere Dia-Vorträge anzuhören.

Die Scheidung hatte sein Leben von Grund auf verändert. Ja, er war stolz gewesen auf seine Werbeagentur. Es lief gut. Dann blieben die

Aufträge aus. Zuletzt gab es nur noch einen Kunden. Als auch der absprang, musste er Insolvenz anmelden. Und schließlich mussten sie das Haus verkaufen.

Er hatte Lisa betrogen. An seiner Schuld gab es keinen Zweifel. Es gab keine geregelte Arbeit mehr. Ein einziger Freund hatte ihn in der Not unterstützt, indem er ihn, Peter König, an zwei Tagen in der Woche beschäftigte. Alle anderen Bekannten ließen nichts mehr von sich hören. Er bezog eine Ein-Zimmer-Wohnung. Was war geblieben? Seine Leidenschaft für das Tennisspiel und der Wein.

Ich sage: Alfred, sei zufrieden mit dem, was du gesehen hast. Im letzten Krieg warst du bei einem Bauern in Frankreich in der Etappe. Alfred hat es genossen. Es waren nette Leute, bei denen er als Besatzungssoldat einquartiert war.

Alfred, sage ich, nicht jeder kann die ganze Welt bereisen. Wir haben einfach Glück gehabt, dass wir noch jung waren und das Geld hatten, um zweimal nach Thailand zu reisen. Du bist allein, Witwer, das ist schwerer jetzt als wenn du zu zweit bist und eine Frau an deiner Seite hast. Jetzt musst du dein Leben ordnen. Du darfst dich nicht hin- und herreissen lassen von dem Wunsch, doch noch einmal zu fahren.

Im letzten Jahr wollte Alfred nach Japan. In Frankfurt brach ihm auf dem Flughafen sein alter Koffer auseinander. Das kann ja vorkommen. Dann konnte die Maschine nicht starten wegen eines Orkans. Er musste mit seinen 75 Jahren in der Flughalle übernachten, weil kein Hotelzimmer mehr frei war. Er gab auf und kam zurück. Es ist sinnlos, sagte er, ich schade doch nur meiner Gesundheit.

Jetzt taumelt mein lieber Onkel nicht mehr zwischen Entscheidungen, die gleichermaßen für ihn unbefriedigend sind und ein Gefühl von Leere hinterlassen. Nach dem Tod seiner lieben Frau bringt er keine Ordnung mehr in sein Leben.
Ein Alkoholkranker.

Nein, keinen Alkohol, aber vielleicht – jedes erste Glas am Ende einer Abstinenz lässt mich doch wieder in den Sumpf hineinfallen und der Kampf geht von vorne los. Nach ein wenig Betäubung und Entspannung kommen wieder die Ängste hoch. So ist es jedes Mal, Jahr für Jahr. Aber ich bin älter geworden. Ich habe keine Perspektive. Ich muss raus aus dem Kreis, in dem ich mich bewege.

Wenn ich daran denke, welche inneren Kämpfe ich immer hatte, bis ich mich für eine Zeit zur Abstinenz durchgerungen hatte. Der Teufel Alkohol hat mich vorzeitig altern lassen. Ich möchte noch etwas leisten oder wenigstens noch lange leben.

Ich habe ständig gegen eine Lethargie anzukämpfen. Sie hindert mich an einem Engagement jeder Art für einen Bereich außerhalb meiner privaten Person. Aber ich habe eine Verpflichtung mir gegenüber.

Eine ältere Frau: Ich sage dir, Christa, wenn ich zum Arzt gehe, die merken sowieso nichts. Man kann sich selber viel besser helfen, es geht vieles von allein wieder weg.

Die Frau sagt zu König: Ich wusste, dass Sie noch einmal wiederkommen. Sie kommen immer wieder.

Ein Pensionär: Nach Jahrzehnten innerer Unruhe freue ich mich jeden Tag auf mein Bett, fühle mich in ihm geborgen. Das Gefühl, etwas außerhalb des eigenen Bettes versäumen zu können, ist endgültig vorbei.

Der Schriftsteller: Ich kann mich nicht für irgend etwas im Sozialbereich einsetzen, weil ich mich gelähmt, innerlich gefesselt fühle. Ich habe schließlich mit mir selbst genug zu tun. Es muss ein tiefsitzendes Gefühl von Sinnlosigkeit sein, ein Gefühl, das alles, was man anpackt, absurd ist.

Eine innere Stimme sagt mir: Es lohnt sich nicht, für etwas zu kämpfen, das du nicht schätzt, wie einen äußeren Erfolg, Geld, Karriere, Prestige. Das ist nicht die Welt, die du suchst.

Macht über andere auszuüben hat mich auch nie gereizt.

Statt dessen schmecke ich lieber den Frühlingswind und atme den Geruch des Herbstlaubes ein.

Eine junge Frau: Die Sonne stiehlt sich durch noch kahle unbelaubte Äste, strahlt aber schon Wärme aus. Wir kommen von einem Tagesausflug mit unseren Kindern. Die Erde, verschlossen und erstarrt, scheint sich zu öffnen. Das Verheißungsvolle in der Luft weckt in mir ein Gefühl von Aufbruch und Lebensdrang.

Der Mann: Die Szene ist kahl. Man sieht ein paar Menschen, die vor ihren Häusern hämmern und sägen. Frauen stehen mutig auf dem Fenstersims und putzen ihre Scheiben.

Ach, das Leben ist doch schön, sagt die Frau.

Der Alkoholiker: Immer dasselbe. Je mehr ich Alkohol trinke, umso stärker schreit es in mir nach mehr.

Der Rentner: Nichts treibt mich noch in die Ferne. Habe ich nicht immer auf dieses Ziel hingelebt? Es macht mich froh.

Ein junger Mann: Vagabundieren von Kontinent zu Kontinent statt Sesshaftigkeit und dann später konzentrierte Arbeit. Ich möchte noch beides.

Das Alter, meint der Rentner, bringt Ruhe, indem es die beiden Teile versöhnt.

Das glaube ich nicht, entgegnet der junge Mann. Es gibt keine Versöhnung, nur eine scheinbare.

Der Rentner: Am Ende bleibt die Freude auf das Bett. Wohlig rollt man sich in eine Decke, welche Geborgenheit ausströmt. Der Kopf ruht auf einem Kissen, das Zärtlichkeit schenkt. Eine früher nie geahnte Wohltat.

Der Einzelgänger in einer Ecke des Raumes: Ich lebe in der ständigen Angst, andere könnten sich gegen mich solidarisieren. Deshalb bin ich ein bekennender Konformist. Es ist mein Schutzschild. Ich wünsche mir eine geheime Bruderschaft des Geistes, Gleichgesinnte. Ich finde sie nicht.

Der Schriftsteller: Ich spüre einen inneren Auftrag. Dieser appelliert an meine Verantwortung. Ich darf den Auftrag nicht verraten. Vielleicht kann ich mich eines Tages freischreiben und mein Gewissen beruhigen. Der inneren Stimme kann ich nicht entfliehen, sie treibt mich in die Obsession. Ich möchte aber wieder frei sein. Innere Ruhe gewinne ich erst dann, wenn ich mein Leben in Kunstfiguren objektiviert habe.

Eine Frau: Gegen Abend hebt sich meine Stimmung ein wenig. Nachmittags fühle ich mich hier verloren. Der ständige Alkoholgenuss ließ das Gesicht meines Mannes versteinern, es bekam einen starren Ausdruck. Hölzerne, fast stelzenhafte Bewegungen kennzeichneten seinen Gang.

Der Alkoholiker: Mir ist, als würde der innere Mensch widerstandslos auseinanderbrechen, als würden Körper und Nervensystem sich auflösen, keinen Zusammenhalt mehr bilden.

Der Einzelgänger: Ich fühlte mich immer schon einsam, das ist durch mein Wesen bedingt. Erträglich wird dieses Gefühl nur, solange ich nicht ganz allein bin wie hier im Raum.

Ich hatte Angst vor Menschen, ich habe sie noch. Manchmal trete ich die Flucht nach vorn an, gebe mich freundlich und leutselig. Keiner ahnt meine Angst und hält mich für einen Menschenfreund. Ich bin von Menschen zu häufig enttäuscht worden, um sie noch achten zu können. Es ist ungerecht, ich weiß es. Ich fürchte mich vor jeder Art von Brutalität. Außerdem bin ich von Natur ein schüchterner und hochsensibler Mensch. Es ging mir immer darum, taktisch so vorzugehen, dass man Konflikte vermied.

König: Jetzt brauche ich eine lange Pause vom Alkohol wegen der Gesundheit, ohne die nichts läuft. Ich möchte wieder arbeiten. Ich will auch schlank werden und ein souveränes Lebensgefühl bekommen.

Der Rausch ist eine Art Betäubung, kann nur verdrängen, nicht auf Dauer vom Selbst befreien. Man flieht in den Rausch, sei es, dass das Selbst zu bedrückend ist oder – zu leer.

Der Rausch kann ein Vakuum vergessen machen für kurze Zeit. Bei einem komplexen Selbst ist der Drang zu einer kurzfristigen Bewusstseinsbetäubung immer vorhanden.

Ich habe seit langem mein seelisches Gleichgewicht verloren. Ich muss aus dem Wunsch nach Betäubung aussteigen und mich tapfer dem Bewusstsein stellen, versuchen, das auszuhalten. Das ist nicht leicht. Ich habe vom Schicksal einige harte Schläge einstecken müssen und dann kommen diese bösen Tage regelmäßig wieder, die Erinnerungen.

Morgen feiere ich meinen 70. Geburtstag. Still, allein. Allein mit meinen Erinnerungen. Vielleicht ruft mein Sohn kurz aus London an.

Man muss sein Selbst ständig betäuben oder ertragen lernen. Vergessen kann man es nicht.

Jetzt hör mir mal gut zu, sagt er. Wenn ein Mann eine Frau schlägt, so offenbart das seine Unterlegenheit. Danach folgt meistens ein Betteln um Verzeihung. So war es wenigstens bei mir. Aber kein Mann lässt sich von einer Frau gerne demütigen. Jede Demütigung reißt eine Wunde. Ein Mann, der gegenüber einer Frau gewalttätig wird, entlarvt sich selbst. Er hat den Kampf, den sie wollte, verloren.

Am besten ist es, wenn der Mann die Frau weniger liebt als sie ihn, dann kann es gut gehen.

König: Das Alter ist ruhig, meines nicht. Aber ich werde auch geistig umgetrieben. Wie oft wollte ich schon ein neues Leben beginnen. Es blieb immer wie es war. Ich glaube nicht mehr an die Verwirklichung von Vorsätzen.

Ein Student: Sie war mir eigentlich gleichgültig, wirkte nicht einmal erotisch auf mich. Aber sie wärmte mich durch ihre Liebe. Zu

24

Hause bei meinen Eltern fror ich immer, seelisch. Sie belauerten mich. Meine Freundin kam aus der Provinz und tat alles für mich. Sie wollte immer in die Großstadt, weg aus dem Nest. Ich und die Großstadt verschmolzen in ihrer Phantasie.

Ein Rentnerehepaar: Wir hatten zwei schöne Tage. Stadtrundfahrt und Musical, Striptease, Fischessen in einem renommierten Lokal, Geschlechtsakt auf der Bühne. Und dann zurück in unser Heimatdorf.

Die Frau: Das auf der Bühne hätte nicht sein müssen.

Ein Arbeitsloser: Ein erstes Glas Wein bricht bei mir immer eine Lawine los. Morgen fahre ich nach Iphofen. Ich bin am Ende eines Weges angelangt, ich habe einen seelischen Tiefpunkt, stecke tief in einer Krise. Ich blicke trübe und in meinem Ohr summt und brummt es, im Herzen herrscht Verzweiflung.

Wenn ich jetzt nicht mit dem Trinken aufhöre, bin ich schnell alt, noch viel älter als ich mich jetzt schon fühle. Ich werde nichts mehr leisten. Man wird mich nirgendwo mehr nehmen. Meine Depressionen werden zunehmen.

Ich bin nicht mehr fähig, nach Iphofen zu fahren. Mich widert Iphofen an. Ich habe Iphofen nie gemocht. Wisst ihr, wo Iphofen liegt? Nein? Ich auch nicht mehr.

Mein Kopf wird immer leerer, ein schlimmer Zustand. Ausgelöst durch eine Lust der Selbstzerstörung. Ein leerer Kopf und ein freudloses Herz, was will man mehr.

Ich ruiniere mein Leben, wenn ich nicht eine Wende herbeiführe. Ich muss wieder Lust am Leben bekommen, mich aus diesem Tief reißen. Soll ich morgen nach Iphofen fahren? Ja, ich muss fahren. Eine Ritualfahrt. Ich muss die Firma noch einmal sehen. Der Absprung wird leichter. Eigentlich habe ich Iphofen satt. Ekel erfasst mich, wenn ich an den Ort denke. Soll ich trotzdem fahren? Ich entscheide endgültig: ich fahre nicht.

Der Philosoph: Nur wer es zu sich bringt oder wenigstens in die Nähe seiner selbst, hat eine Chance, in seinem Leben zufrieden zu werden.

Der Alkoholiker: Diese langen trüben und leeren Nachmittagsstunden, an denen ich pausenlos Alkohol trinke. Wann wird das ein Ende haben?

Der Philosoph: Öffentliche Aufmerksamkeit gibt es heute zum Nulltarif. Sie ist aber nichts wert, kann keinen Stolz begründen. Eine Inflation des Selbstlobes. Das Wahre bleibt im Verborgenen.

Ein Pensionär: Eine Sportmoderatorin hat sich beim Fußball bei einer Ansage versprochen. Die Fans haben ihr die Fensterscheiben zertrümmert. Sie hat sich entschuldigt, dreimal, öffentlich. Es hat nichts genützt. Die Fans haben nicht verziehen. Der Chefredakteur konnte sie nicht mehr halten.

Der Schriftsteller: Was machen Männer nicht alles, um einer Frau zu imponieren. Sie zitieren Brecht, um sich ein intellektuelles Image zu verschaffen. Das wirkt vertrauensvoll. Brecht ist immer gut. Wenigstens war das damals so. Man kommt besser und schneller ans Ziel, wenn man sich ein kulturell-interessiertes Image verschafft hat.

Ich brauche keinen Publikumserfolg als Autor. Ich will mich nur als authentischer Schriftsteller fühlen. Das ist wichtig.

Die Dominanz der Medien lässt die geistige Welt ein Hintertreppendasein führen. Die Menge kann nur verstehen, was sie selbst versteht. Banale Prominenz und Masse bilden eine Einheit. Es ist berauschend, von der Menge verehrt, ja geliebt zu werden.

Glaubte ich nicht, dass allein meine Obsession ausreichen würde, um einen Durchbruch zu schaffen. Ich stehe einer schnöden Kommerzwelt gegenüber. Ich glaubte naiv, meine Besonderheit würde von selbst zum Erfolg führen.

König: Ich klammere mich an Erlebnisinseln vergangener Zeiten, mache diese Inseln fast zu Ritualen, indem ich sie bei Jubiläen zu wiederholen versuche. Ein falscher Weg, ich weiß. Man kann nicht von der Vergangenheit leben. Das Leben besteht im Fortschreiten und Sich-öffnen für Neues.

Der Arbeitslose: Heute packt mich die Lethargie besonders heftig. Ich fühle mich wie gelähmt, habe zu nichts Lust. Ich kann keine Bewerbung mehr schreiben. Absagen, Absagen, immer nur Absagen. Vorhin dachte ich noch, mit dem Auto in den Wald zu fahren. Gleich darauf ließ ich den Gedanken wieder fallen. Dann wollte ich eine kleine Radtour machen. Ich versuchte mich aufzuraffen, aber die Kräfte ließen mich im Stich. Ich fühlte mich wie eingeschnürt von einer lähmenden Gleichgültigkeit und Antriebsarmut.

Ja, ich fühle mich wie gefesselt von einer dumpfen, von innen kommenden Unbeweglichkeit. Anders kann ich das nicht ausdrücken. Ich möchte die Fesseln zerreißen, es gelingt nicht. Ich verharre in meinem apathischen Zustand. Wie kann ich diese innere Starre sprengen?

Ich befinde mich in einer Art seelischem Niemandsland. Um nicht in den Abgrund gerissen zu werden, werde ich meine Arme bewegen müssen. Sie können mir helfen, mich in die Nähe eines rettenden Ufers zu bringen. Vielleicht gibt es dort einen Ast, an den ich mich klammern könnte.

Ein Rentner: Ich habe einen Neffen, einen 20jährigen, der nur Börsenberichte im Kopf hat. Wie arm, wie innerlich tot. Ein junger Mann, der nur an Geld denkt und zu keinem philosophischen Gedanken mehr fähig ist.

Aber kann denn ein junger Mann wie mein Neffe, der im Wohlstand aufgewachsen ist, etwas anderes sein als ein gelangweilter Hedonist? Ich pauschalisiere. Es gibt sicher auch andere.

Der Schriftsteller: Toll! Super! Mein Roman erscheint auf der nächsten Buchmesse! Dieser Erfolg kommt im richtigen Augenblick. Er hilft mir, macht Mut für die Zukunft. Mein Wunsch ist in Erfüllung gegangen. Mein Buch wird veröffentlicht.

Jetzt lohnt es sich weiterzuarbeiten, die Chance zu nutzen. Ich fühle mich wie jemand, der gerade sein Examen bestanden hat. Jetzt gibt es nur noch Arbeit, Arbeit, Disziplin und Verzicht auf Behaglichkeit und Genussleben. Vielleicht schaffe ich dann noch mehr, werde vielleicht eines Tages berühmt.

Ein Priester aus dem Hintergrund der Weinstube: Ich bestelle Lamm. Der Wein ist gut hier, er schmeckt mir. Eine Zeit, die ohne Gott auszukommen glaubt, verfällt der Langeweile. Wer sich langweilt, muss die dauernde Zerstreuung suchen.

Der Philosoph: Ich bin anderer Meinung. Die Langeweile rückt den Menschen vor das Nichts, deshalb muss er vor der Langeweile fliehen. Man kann über den Mangel an Religion klagen, aber wenn der Glaube verloren gegangen ist ... Der moderne Mensch wird gehetzt, Zerstreuung besiegt seine Unrast. So kann sich wenigstens in seinem Innern keine Langeweile breit machen.

Eine Frau: Es ist so heiß heute, es gibt keine Abkühlung. Eine beklemmende Schwüle hält alles wie in einem Würgegriff fest. Ich habe so schlecht geschlafen. Diese Hitze, dann dieses Geschrei aus entfernt liegenden Wohnungen. Helles Lachen hallte die ganze Nacht von der Straße herauf.

Hört Ihr? In der Ferne dröhnt es schon wieder. Musik. Ein Feuerwerk erhellt heute Abend den Himmel. Wohl wieder irgendein Volksfest.

Der Philosoph: Die Selbstentfaltung ist der einzige Sinn des Lebens. Unbewusst handeln alle Menschen danach, auch wenn sie es nicht zugeben. Selbst ein soziales Engagement dient der Selbstentfaltung, dem eigenen Gewinn.

Viele geben sich heuchlerisch und leugnen diese Wahrheit, sprechen vom Dienst am Nächsten, klopfen sich auf die Brust und lassen sich bewundern.

Ein Student: Ich erinnere mich an eine samtene Septembernacht. Nachts um ein Uhr auf einer Bank unter Obstbäumen. Es war die Nacht, in welcher der Schlüssel meiner Freundin zerbrach und wir im Freien übernachten mussten. Ich werde das nie vergessen.

König: Die Sorge um meine Abhängigkeit vom Alkohol drückt mich. Es ist, als schleppte ich eine schwere Kette hinter mir her.

Nein, mit Anna wäre er nie glücklich geworden, nicht auf Dauer. Nach einer wunderbaren Zeit merkten sie beide, wie verschieden sie waren. Es war nicht der Altersunterschied von 25 Jahren, der sie trennte, es war mehr. Wenn er nur an ihre Partysucht dachte.

Er grübelt. Was war an diesem Abend passiert nach dem Tennisspiel im Vereinshaus? Zuerst hatten sie geflirtet und viel getrunken. Schon damals war es ihm schwer gefallen, Maß zu halten. Welch ein Blödsinn. Nach dem fünften Glas Wein hatte er Anna einen Heiratsantrag gemacht, obwohl er schon eine liebe Frau hatte, seine Lisa. Anna hatte ihn zu sich nach Hause eingeladen und dort war es dann zu dieser ersten intimen Szene gekommen. Er war wie berauscht gewesen.

Ich habe dich seit zwei Jahren beobachtet, hatte sie gesagt. Du bist mein Typ. Ich hatte mir schon immer vorgestellt, mit dir zusammenzuleben. Jetzt hast du mich endlich bemerkt.

Danach hatten sie sich häufiger und heimlich getroffen. Jemand musste sie beobachtet und verraten haben. War es Jens?

Ein Gast: Ich fühle Hass in mir. Ein Erbe? Hass macht unglücklich. Er wird stärker je älter ich werde. Hass gegen alles. Auf meine Familie, ja auf die ganze Welt, auf alle, die zufrieden oder glücklich sind. Woher kommt der Hass? Ein Psychoanalytiker meinte, die Ursache sei unerwiderte Liebe. Eine Mutter habe ich nie gekannt, meinem Vater stand ich im Wege. Wer nicht geliebt wird, fühlt sich wie ausgesetzt. Hass gebiert einen bösen Willen. Im tiefsten Inneren möchte ich, dass diese Welt zugrunde geht.

Die Frau des Arbeitslosen: Ich habe mich wiederholt bemüht, ihn aus dem Sumpf zu ziehen. Es ist mir nicht gelungen. Mein Mann ist Ingenieur. Er war schon immer labil. Aber seitdem er keine Arbeit hat, ist er völlig haltlos geworden.

Während des Abends gießt er pausenlos Bier und Schnaps in sich hinein. Fast wütend greift er nach allem Essbaren, das sich im Eisschrank befindet. Meinem Mann fehlt jede Selbstkontrolle.

Der Arbeitslose: Ich habe immer den Drang mich zu betäuben.

Die Frau: Ich weiß ja um seine Ängste. Aber muss er so haltlos sein und sich der Trunksucht ergeben? Er tut mir ja auch leid. Er ist verzweifelt, weil er keine Kraft mehr hat sich zu wehren. Er muss jetzt alles tun, um sich aus seinen schlimmen Gewohnheiten wieder herauszureißen.

Der Arbeitslose: Ich möchte selbst noch einmal wieder frisch sein und mich jünger und frei fühlen.

Die Frau: Er darf keine Zeit mehr verlieren. Manchmal denke ich, es musste so weit kommen.

Eine andere Person: Ihnen ist das innere Gleichgewicht verloren gegangen.

Der Arbeitslose: Ich habe das Gefühl, ohne eine geregelte Arbeit das Leben zu versäumen.

Ein Pensionär am Nebentisch: So lang der Randalierer den Kopf hebt, einen drauf bis er ruhig ist. Die Polizisten sind heute viel zu human.

Die Frau: Du wirst nur zufrieden, wenn du Maß hältst und wieder etwas leistest. Mein Mann ist Anfang fünfzig und kann nicht so weitermachen. Ich habe ihm gedroht. Ich verlasse dich, habe ich gesagt, wenn du dich weiter so ruinierst.

Der Arbeitslose: Es hämmert ja auch in meinem Kopf. Du bist über fünfzig und kannst nicht so weitermachen. Meine Frau hat Recht. Einen gesunden Körper bekommt man nur einmal geschenkt.

Die Frau: Als er noch Arbeit hatte in der Firma, war er topfit und ... Heute hält er seine Gesundheit immer noch für etwas Selbstverständliches. Bei seinem Lebenswandel ist er bald kaputt.

Ein Pensionär: Da fass ich mich an den Kopf. Ja haben die denn im Bundestag keine anderen Sorgen als ...

Der Arbeitslose: Sie muss mir helfen, der Verzweiflung zu entgehen und der entsetzlichen Traurigkeit, die mich jeden Tag überkommt.

Die Frau: Seine Chefs sagten, Ihr Mann ist äußerst fleißig, aber er ist instinktlos.

Der Arbeitslose: Ja, Visionen hat er auch, sagten sie noch.

Die Frau: Er setzt sich persönlich ein, er hat es immer getan. Er verlangt es von anderen und lebt es auch vor. Das ist alles richtig, sagten sie. Er mault nie, wenn man abends mal anruft, das muss man schon sagen. Aber es gibt bei uns neue Denkmodelle. In Ulm haben wir riesige Kapazitäten und Hallen. Warum ist das Werk hier in Iphofen nicht auch so, fragte ich. Wir gehen nach Ulm, sagten sie, um den Standort und Arbeitsplätze zu sichern.

Der Arbeitslose: Ach, ich würde gern einmal wieder unbeschwert lachen können. Sie haben gesagt, ich bräuchte mich nicht zu fürchten, ich würde, wenn ... Es war nur eine Beschwichtigung.

Ich habe später noch einmal das persönliche Gespräch gesucht. In meiner Naivität erwartete ich eine freundliche Begrüßung, aber sie gaben sich unterkühlt. Niemand schien auf mich gewartet zu haben.

Die Frau: Man hat meinem Mann deutlich zu verstehen gegeben, dass man auf ihn verzichten kann. Er solle froh sein, eine sozialverträgliche Kündigung erhalten zu haben.

Der Arbeitslose: Wut stieg in mir auf. Ich wollte mich nicht besiegen lassen, ich wollte mich wehren, es ihnen zeigen. 25 Jahre habe ich mich persönlich für die Firma eingesetzt.

Die Frau: Mein Mann wollte sich wehren gegen eine Welt, die ihn, wie er sagte, mit Füßen träte. Aber er hat sich nur selbst mit Füßen getreten.

Der Arbeitslose: Ein plötzlicher Schrecken ergriff mich. Ich wurde von dem Gefühl gequält, mit fünfzig Jahren den Anschluss verpassen zu können.

Ein Nachbar: Den Anschluss an das Berufsleben?

Der Arbeitslose: Ja und nein, es war mehr. Den Anschluss an das Leben überhaupt. Ein Panikgefühl, schon am Ende seines Lebens angekommen zu sein als Frührentner.

Der Mann am Nebentisch: Diesen Schrecken hatte ich auch einmal, früher, mit vierzig Jahren. Aber lachen Sie nicht. Eine Angst, den Anschluss an die weibliche Jugend zu verlieren, an die Welt der jungen Mädchen. Bis zu diesem Alter hatte ich geglaubt, sie alle noch erobern zu können. Jetzt sagte ich mir: Du bist zu alt für die jungen Dinger. Es überkam mich schlagartig. Es war zum ersten Mal in meinem Leben eine Art Todesahnung. Eine Unrast packte mich in den darauffolgenden Wochen, eine Panik vor dem doch unausweichlichen Älterwerden.

Torschluss sagt man, glaube ich. Befand ich mich außerhalb des Tores, während im Innern der Stadt das Leben weiterging? War das Tor nicht vor kurzem vor mir zugeschlagen worden? Es schien keinen Zugang mehr zu geben. Du wirst nicht mehr hineingelassen. Ich erinnerte mich an eine Erzählung von Kafka. Ein wenig Hoffnung, das Tor könnte sich noch einmal für dich öffnen. Du erkennst einen Spalt, du rennst zum Tor. Ein Wärter kommt und besieht sich deine Karte. Er liest und schüttelt den Kopf: Sie ist leider abgelaufen, sagt er. Diese Karte berechtige zum Eintritt in die Stadt des Lebens während der letzten Jahre, aber doch jetzt nicht mehr.

Ein junger Mann denkt an den letzten Urlaub.

Das Mädchen wehrte sich zum Schein ein wenig, dann die plötzliche Hingabe.

Sie hatten lange zusammengesessen und getrunken. Dann waren sie in die Dünen gegangen.

Das muss wohl noch sein, sagte sie verliebt.

Er war nicht verliebt, liebte nur das kurze Abenteuer, das Gefühl Mann zu sein, indem er sie und sich von seiner Potenz überzeugte. Es war außerdem schmeichelhaft, von einem Mädchen gemocht zu werden. Es war wichtig, in dem Bewusstsein nach Hause zu gehen, sie nicht nur geküsst, sondern auch besessen zu haben. Es stärkte das männliche Selbstbewusstsein. Morgen würde es schon wieder eine andere sein.

Es gab so viele Mädchen. Jede von ihnen roch anders, schmeckte anders, gab sich anders. Nur Gefühle wollte er nicht investieren, das bedeutete Unfreiheit, Sehnsucht, wahrscheinlich auch Kummer. Innerlich frei wollte er bleiben für all die vielen anderen, die es ja noch gab.

Er hatte es erfahren. Das Verliebtsein war nicht nur schön, fast immer schmerzlich. Plötzlich waren all die anderen Mädchen vergessen, hatten ihre Bedeutung verloren, waren keine Objekte der Begierde mehr.

Kein anderes Mädchen interessierte, nur die eine, und die lebte vielleicht nicht in der Nähe, sondern weit entfernt. Oder sie verliebte sich in einen anderen, man hatte das Nachsehen, litt und quälte sich mit Eifersucht. Sicher, ein Glücksgefühl empfand man nur im Zustand des Verliebtseins. Aber der Preis für das kurze Glück war immer hoch gewesen. Wurde man verschmäht, kam noch gekränkte Eitelkeit hinzu und man musste oft bis zu einer Woche innerlich kämpfen, um das Gefühl für die eine wieder abzutöten.

Er wollte ab sofort souverän bleiben. Andererseits wurde man ohne emotionale Bindung gehetzt. Gehetzt von dem Trieb, der immer neue Objekte begehrte, weil ohne Verliebtsein jedes Mädchen nach dem Liebesakt langweilig wurde. Diese Leere hinterher, wenn die Lust befriedigt war.

Wenn ich aus meiner Krise kein Kapital ziehe, denkt König, versickert der Rest meines Lebens ohne Höhepunkt. Dann bin ich am

Ende ein verbitterter unbefriedigter Mensch, der ein erfülltes Leben nur in seinen ewigen Wachträumen erlebt hat. Ein Mensch, der an seinem Selbst schuldig geworden ist, weil er seine Möglichkeiten versäumt hat.

Erinnerte vergangene gute Erlebnisse beruhigen, erhöhen das Selbstwertgefühl. Auch du durftest das erleben. Du warst, was das Leben angeht, nicht nur Zaungast. Es gab eine Zeit, in der du begehrt, geliebt wurdest. Erinnere dich, sei stolz auf die gewesenen Erlebnisse. Es hilft, deinen tief sitzenden Komplex eine Zeitlang zu beschwichtigen.

Mein innerer Zwiespalt ist der Quell meiner Unruhe. Ich möchte Mönch sein, weil ich mich vor dem Wüstling in mir fürchte. Aber ich bin weder Mönch noch Wüstling, ich bin beides.

König trinkt sein viertes Glas Wein. Man kann kein echter Mönch sein, wenn man nicht zugleich die Anlage zum Wüstling in sich trägt, sagt er zu sich. Und keiner ist ein echter Wüstling, der nicht die Sehnsucht nach Keuschheit und Reinheit verspürt.

Er hebt den Kopf. Ich bin jetzt umgeben von Rentnern, die über ihre Krankheiten sprechen. Der eine schwärmt von den Kuren, die er gemacht hat und die ihm geholfen haben, sein Leiden besser zu ertragen. Wo ist der ältere Herr, mit dem ich über Kunst und Religiosität sprechen kann? Wenn ich damit beginne, dann nicken die meisten beifällig, aber sie beißen nicht an. Dabei würde ich so gern über meine Bilder, meine Pläne sprechen.

Ein Pensionär: Ich fürchte, man sieht mir allmählich den Pensionär an. Diesen umgibt eine Aura des Abseits, des Stillgelegten. Dynamik hat sich in Behäbigkeit gewandelt.

Gerede in verschiedenen Räumen.

Na, geht's gut? Grüß Sie, Herr König. Hallo, ich komme aus dem Residenzgarten. Es ist feuchtwarme Luft, beklemmend. Aber der Flieder blüht schon.

Ein Rentner: In unserer Industriegesellschaft herrschen die einfachen Reize, sie verlieren schnell ihre Wirkung. Sie müssen nach kurzem durch neue ersetzt werden.

Ein Lehrer, der ihm zugehört hat: Es gibt Schüler, die nur noch auf seichte Reize reagieren. Ich kann sie mit anspruchsvoller Literatur nicht mehr erreichen.

Eine Stimme: Ein angenehmes Hotel, sag ich euch, sehr preiswert. Wir saßen am offenen Fenster beim Wein. Man hörte in der Ferne die Züge, der Brunnen unten am Markt plätscherte, der Rauch einer Gipsfabrik stieg in der Ferne hoch.

Eine Frau: Ich muss so schnell wie möglich alles vergessen, was mich an diesen Mann gebunden hat. Ich muss auch die Stadt verlassen. Ich muss völlig neu beginnen.

Ich hasse Frauen, die sich von der Macht eines Mannes beeindrucken lassen, sagt jemand. Ich mag emanzipierte Frauen, die über das Machtgepluster der Männer nur lachen können.

In unserer Familie liegen alle im Kampf miteinander, hört man einen anderen sagen.

Der Schriftsteller: Der Wirt im Lodenjanker steht vor mir. Er gibt mir die Hand. Sie sind schon wieder am Arbeiten, immer fleißig.

Er gibt sich leutselig, plaudert mit den Gästen. Er sei gestern geblitzt worden, 18 Kilometer zu viel, erzählt er allen. Er erzählt freimütig. Er fühlt sich als ein intimer Freund seiner Gäste.

Ich lebe, ruft ein Student. Ja, aber ich möchte für etwas leben. Ich finde nichts. Das Leben als solches ohne Aufgabe ist banal, entsetzlich langweilig. Nur wenn es sich hingeben, für etwas opfern darf, bekommt es Gewicht.

Der Philosoph: Aber kann nicht die Suche nach der Wahrheit zur Droge werden, zu einem leidenschaftlichen Muss? Allerdings: Die Wahrheit zu wollen und auszuhalten, das verlangt Tapferkeit.

Sie mochten ihn nicht, das war es, denkt der Einzelgänger. Wenn ihm doch nur jemand zuhörte.

Ein Tennisfreund zu König: Na Peter, immer noch trinkfest und weibersüchtig?

Du hast dein Geld immer nur für dich ausgegeben, schimpft eine Frau, für Alkohol und Zigaretten, aber nie für dein Kind.

Der Alkohol ist eigentlich die einzige Konstante in meinem Leben, denkt König. Für Jens habe ich das Stigma eines Säufers. Mein Sohn? Traurig. Wir meiden einander.

Warum sehen Sie mich eigentlich so an? fragt ein Mann am Nebentisch. Ich kenne Sie nicht.

Ich war gezwungen Ihnen zuzuhören. Sie sprechen so laut.

Ich warf die Frau, die mich quälte, gestern aus dem Auto, ruft jemand. Mein erster Impuls heute war, sie um Verzeihung zu bitten. Ich weiß immer noch nicht, wie ich mich verhalten soll.

Ein Rentner: Ich kann über meine Zeit verfügen und ich habe eine Aufgabe vor mir. Ein starkes Gefühl, erst jetzt, mit 62 Jahren, die eigentliche Arbeit des Lebens vor sich zu haben.

Und ich sage dir, in jedem Menschen lauert ein faschistoides Element, das mit der Herrschaft der Nazis nicht beseitigt war.

Warum sollen wir sie nicht rausnehmen? „Rausnehmen" hatte der Arzt gesagt. Ein Zauberwort. Ich bohrte nach. Kann ich mir Hoffnung machen? Können Sie, seine Antwort. Ich schwebte selig nach Hause, ich fühlte mich befreit. Ich war der täglichen Hölle entronnen. Kein böser Schüler mehr, der mich um den Schlaf brachte. Kein Kollege, der Intrigen spann. Kein Schulleiter, der mich länger mobben konnte. Ich sollte das ekelhafte Gebäude nicht mehr betreten. Ich fühlte mich, um ein Klischee zu gebrauchen, wie neu geboren.

Ich ging am Fluss spazieren, konnte nach langer Zeit wieder einmal durchschlafen. Die Angst, die mich jeden Morgen zur Schule begleitet hatte, löste sich von mir. Doch es blieb eine Angst. Ich

36

ertappte mich beim ängstlichen Umherblicken auf der Straße. Verfolgt dich auch keiner, um dir schlimme Worte nachzurufen? Wo sind die Feinde, die dich heimlich beobachten, dir dein Privileg neiden?

Ja, ein Privileg besaß ich. Ein Privileg, das die missgünstigen Kollegen nicht besaßen. Ein Arzt hatte meine Arbeitsunfähigkeit bestätigt. Das gab Sicherheit. Man hatte mich für unfähig erklärt, und zwar für immer. Kein zermürbender Kampf mehr um Krankschreibungen.

Wir müssen Sie retten, hatte der Mann gesagt. Ich hätte vor Dankbarkeit vor ihm knien mögen.

Aber Sie können mit 45 Jahren nur eine kleine Pension erwarten. Sie hätte noch kleiner ausfallen können, es war mir gleichgültig. Überleben wollte ich, nur überleben. Keine Denunziation hätte mir mein tägliches Glück zunichte machen können.

Der Mann schien mich zu bedauern. Er konnte nicht wissen, welch ein Geschenk er mir gemacht hatte.

Christiane, du bist die einzige Freundin, die mich versteht. Ich will mich aber nicht mehr erinnern. Dieser glückliche Augenblick liegt sieben Jahre zurück. Siebenmal habe ich den Tag gefeiert wie einen Geburtstag. Es war ja auch eine Art Geburtstag, ein zweiter Geburtstag.

Auch mein Alkoholproblem, das mich in meiner aktiven Zeit gequält hatte, habe ich in den Griff bekommen. Ich will jetzt nur noch nach vorne blicken.

Merkwürdig. Du, als Dr. Kunz mir die Ankündigung machte, spürte ich zum ersten Mal eine Art Auszeichnung, als fühlte ich mich den anderen Kollegen und Kolleginnen überlegen. Auch eine Spur von Genugtuung. Empfindungen, die ich schon seit Jahren nicht mehr gekannt hatte.

Christiane: Du warst eben auch sehr krank damals. Burn out nennt man das wohl.

Während meines aktiven Schuldienstes brauchte ich eine Droge wie Wein, um überleben zu können. Du weißt das. Jetzt kann ich mit Alkohol wieder maßvoll umgehen.

Du, zuerst meinte der Arzt, wir könnten auch versuchen, Sie wieder aufzubauen. Ich würde, meinte er, in einem Programm zur Reaktivierung lernen, meinen Beruf professioneller auszuüben. Ich würde lernen, Unterricht zu erteilen, ohne emotional beteiligt zu sein.

Ein Witwer: Eine Fahrt nach Rothenburg ob der Tauber. Ich verließ den Zug vorzeitig, kehrte nach Hause zurück. Dieser Entschluss sollte mich befreien von der ständigen Erinnerung an vergangene Reisen. Wegstoßen muss man sich aus dem Verhaftetsein mit der Vergangenheit. Den Blick auch in meinem Alter noch nach vorn richten.

Ich muss jetzt gesunden, endlich. Ich will nicht länger von Ängsten beherrscht werden, nur noch wie ein böser alter Mann dahinvegetieren. Ich will das nicht.

König: Ich muss in den nächsten zehn Jahren noch ein bekannter Maler werden. Ich habe mir doch schon bewiesen, dass ich Talent habe.

Dieser Kunstbetrieb heute. Da lässt einer Farben auf die Leinwand tropfen, studiert den Zufall. Alles versinkt heute in Beliebigkeit. Aber die Zeit wird richten. Man wird über Scharlatane lachen und sie als einen Witz der Geschichte abtun. Wohin führt uns die kranke Jetzt-Zeit, in der alles Echte ignoriert wird?

Der Witwer: Damals ahnte ich nicht, dass ich mit Jule so glücklich werden würde. Aber keine Rückblicke mehr, vorwärts. Vor 30 Jahren saßen wir dort drüben. Dieser arrogante Kellner damals. Heute sind sie ja alle nett. Er bekam kein Trinkgeld.

Jule gab sich Mühe, mir mein schweres Leben zu erleichtern. Sie war mein mich rettender Engel, müssen Sie wissen.

König: Schluss! Aus! Vorbei! Ich trinke jetzt mein letztes Glas und dann nie wieder. Und diese Nachmittagsstimmung! Wie ich sie hasse. Blass, milchig, grau, farblos, ohne Spannung. Na, soll ich schwören, dass das mein letztes Glas ist?

Der Nachbar: Nein Peter, du hast schon so oft geschworen.

Richtig, ich wäre dumm, wenn ich es täte. Aber auch, wenn ich noch einmal hierher zurückkehrte.

Der Tennisfreund: Ich verkläre gern alle früheren Aufenthalte in der Erinnerung. Und falle immer wieder auf mein selbstgeschaffenes Bild herein. Aber ich habe noch nie eine Lehre daraus gezogen.

Die Frau eines Rentners: Wir wollen keine Städte, die wir schon kennen, noch einmal sehen. Aber irgendwann treibt uns die Sehnsucht wieder, den Beschluss aufzugeben, vergangene Träume, die mal Wirklichkeit wurden, zu wiederholen: Paris, Rom, Florenz. Ist es die Angst vor der Vergänglichkeit? Denn in Wahrheit empfinden wir schon lange Überdruss vor derartigen Wiederholungen. Liegt im Wiederholen dieser Reisen der Versuch, die Zeit festzuhalten? Sind wir Opfer der Illusion, durch eine Rückkehr in die Vergangenheit auch uns selbst in eine jüngere Zeit zurückführen zu können?

Wie oft war er später an ihrem ehemaligen Haus vorbeigefahren. Dieses Haus, auf das er so stolz gewesen war, für das er lange Jahre gearbeitet hatte. Jetzt lachten fremde Leute im Garten.

„Wir müssen reden", hatte er nach der Scheidung zu Lisa gesagt. „Mich verbindet doch noch so viel mit dir und Jens." Zu der Zeit hatte ihn Anna bereits verlassen.

Lisa hatte den Kopf geschüttelt. Sie konnte nicht verzeihen. „Du hast unser Glück zerstört, vergiß das nicht. Ich wüsste nicht, worüber wir noch sprechen sollten."

Eine Frau im Gespräch mit dem Schriftsteller.

Autoren sind sehr empfindlich und leicht zu kränken. Sie geben sich einen hohen Stellenwert in der Gesellschaft, sind schnell beleidigt, wenn jemand sie nicht anerkennt. Ich weiß wovon ich rede. Mein Mann schrieb auch Bücher. Er lebt nicht mehr. Schreiben sei das einsamste Geschäft in der Welt, hatte er häufig gesagt. Er müsse sich deshalb mit Wein betäuben, um diese Einsamkeit besser aushalten zu können.

Eine Alte: Ich bin 84, danach sehe ich nicht aus. Ich bin ein medizinisches Wunder. Alle Zähne unten wachsen bei mir nach, wie bei einem Kleinkind.

Ein angetrunkener Gast: Diese Welt verachte ich. Weil sie so ist wie sie ist, sage ich nein zu ihr. Sie müsste abgeschafft werden, sie verdiente es. Ich nehme keinen Anteil mehr. Ich kann mich nicht mit dem, was ich sehe, abfinden.

Ein anderer: Dann tun sie doch was.

Es gibt nichts zu tun, es gibt nichts zu bessern. Vor allem vermisse ich Gerechtigkeit. Sie kann nicht in eine gefallene Welt nachträglich hineingebracht werden.

Der andere: Sie scheinen sich bei dem, was Sie sagen, ganz gut zu fühlen.

Der Philosoph: Zynismus ist eine Art Weltflucht. Der Zyniker kann aufgrund seines romantischen Wesens keinen Kompromiss schließen. Der Verachtung liegt eine zu hohe Erwartung an die Welt zugrunde. Zynismus wird zu einer Art Rache für erlittene Enttäuschungen.

Das Ideal hat man zu hoch gehängt, von Anfang an. Man hilft sich über das Dilemma hinweg, indem man aus tiefer Resignation die Realität verächtlich macht und von Mensch und Welt nichts mehr erwartet.

Eine Frau: Mit der Trennung von meinem Mann war kein Schmerz verbunden, es war einfach zu viel passiert. Ich habe ihn geliebt, sehr sogar. Ein Kind zu verlieren ... Ich machte ihm keine Vorwürfe. Er tat mir eher leid. Die Trauer um den Verlust hat uns einander entfremdet. Er wandelte sich, kam über den Verlust nie hinweg, machte sich selbst immer schwere Vorwürfe, wollte sich etwas antun. Und dann fing er mit dem Trinken an.

Peter König.

Ich spüre eine nie gekannte Entschlossenheit in mir. Früher war ich zwiegespalten aufgrund noch anderer Stimmen dieser starken Lobby, welche die Lebensgier vertrat und ständig flüsterte: Memento mori. Genieße, du lebst doch nur einmal.

Lebensgier, je mehr man ihr nachgibt, umso fordernder, gefräßiger wird sie. Aber die Stimmen, die sie vertreten, werden schwächer, ich spüre das. Sie stellen nur noch ein Ferment im seelischen Haushalt dar. Die Zeit wird knapper. Ein neues Bewusstsein schafft neue Entschlossenheit. Plötzlich ahne ich, dass jeder Tag kostbar ist. Mir ist, als sähe ich in das Glas, dieses berühmte Glas, sähe den Sand, der sich im unteren Teil füllt. Carpe diem. Nutze dein Talent, das so lange brach gelegen hat.

Der Tennisfreund Max:

Peter, du wolltest doch immer malen, dein Trauma vom letzten Krieg, von dem Schrecklichen, das du gesehen hast, in Bildern festhalten. Indem du deine Erlebnisse auf die Leinwand bannst, schaffst du dir Balsam auf eine Wunde, die dich schon immer schmerzt.

Wandere nicht mehr durch Museen und Galerien. Nicht der Besuch einer einzigen Ausstellung hat dich froh gemacht. Bewundere nicht das Können anderer, werde endlich stolz auf eine eigene Leistung. Du hast doch schon, wie ich weiß, zwei Aquarelle geschaffen.

Der Wein steigt zu Kopf. Ich hebe ab, ein schönes Gefühl. Man fühlt sich getragen. Krause Gedanken geistern mir durch den Kopf. Ich führe Dialoge mit imaginären Personen. So war es immer schon.

Königs Blick fällt auf ein kleines Bild an der Wand. Es zeigt Leute bei der Lese im Weinberg. Am unteren Bildrand ein Text in altem Deutsch: 1550. In diesem Jahr war des Weinwachses so viel, daß man den Segen kunt kaum in die Fässer bergen.

Ich bestelle noch einen Schoppen. Es ist wider die Vernunft. Es wird mir morgen schlecht gehen.

Der neue Kellner kommt. Alles klar, fragt er immer wieder. Immer wieder.

Ich werde mein Werk nicht mehr leisten können, wenn ich weiter meine Gesundheit ruiniere. Wie oft habe ich mir das schon gesagt. Mit dem Verlust der Gesundheit ist alles vorbei.

Hier neben mir die einsamen Alten, welche nicht reflektieren. Sie saufen nur, torkeln in ihr leeres Zuhause. Ich will noch einen Lokalwechsel, nur noch heute. Große Lust habe ich nicht. Aber nach vier Schoppen muss ich hier raus, spazieren gehen. Oh, jetzt kommen neue Gäste an meinen Tisch. Ich fliehe, das ist gut. Diese jungen Menschen zwingen mich zum Aufbruch und zur frischen Luft.

Ich brauche eine streng geregelte Lebensform. Mein Leben befindet sich schon wieder in einer Sackgasse. Ich trinke zuviel Wein, daher meine depressiven Verstimmungen. Alkohol treibt mich in einen lethargischen Zustand.

Die Kellnerin erscheint mir heute wie verfremdet. Ihre mir vertraute Freundlichkeit scheint aufgesetzt. Ihr sonst von innen kommendes Lächeln wirkt heute marionettenhaft.

Du, Max, es war eine plötzliche Gewissheit. Die Gewissheit: du musst ganz aufhören, für immer. Es war drüben auf der anderen Seite des Flusses. Eine Gewissheit, Max, so klar, so klar wie nie zuvor. Es war nach einer durchzechten Nacht. Ich spürte meine Abhängigkeit. Ich setzte mir keinen festen Termin zum Aufhören, nur eines wusste ich: es muss sein.

Seitdem sind neun Jahre vergangen. Davon habe ich acht Jahre in dieser Stube zugebracht. Sag mal Max, wie ist das Wetter draußen?

Die Luft steht, blütenschwer, Stagnation, Stillstand, bleierner Himmel.

Vom Wein geht eine lähmende Wirkung auf mich aus. Es ist schade. Der Wein belebt mich schon lange nicht mehr, erdrückt mein Lebensgefühl, steigert meinen Aggressionstrieb, der sich gegen die ganze Welt richtet. Andererseits sehne ich mich nach einem starken, einem gesteigerten Leben. Obwohl ich um die schädigende Wirkung des Weines weiß, muss ich weitertrinken. Es ist zum Verzweifeln. Ich möchte etwas unternehmen, eine Reise vielleicht. Oder neue Bilder malen. Aber ich fühle mich ohnmächtig. Es ist, als nagelte mich der Alkohol auf meinem Stuhl fest. Ich bin schon lange abhängig, ich weiß. Der Wein fesselt mich, nimmt mir jede Lust, etwas zu unternehmen.

Eine Frau: Sie haben Recht, ich habe Ihnen zugehört. Alkohol zerstört die motorische Energie. Ich habe das bei meinem Mann gesehen.

Herr Ober, ruft sie, ich warte seit 15 Minuten auf meine blauen Zipfel.

Ober: Die dauern, gnädige Frau, sie kommen gleich.

Die Frau streng: Ich bitte darum.

Du bist ein Ekel, hatte Jens einmal zu ihm gesagt. Schrecklich.

Mein Sohn, was für ein Dummkopf, ruft Peter König plötzlich laut aus, wie um sich von einem Alptraum zu befreien.

Die Leute von den Nachbartischen drehen sich um und sehen verwundert zu ihm hinüber.

Er, Peter König, kennt das Gefühl des Sich-zerstören-Wollens. Es kam bisweilen wie ein Anfall. Es konnte sich wieder regen.

Erster Pensionär: Mit seiner Freizeit etwas anfangen zu können, darauf kommt alles an. Andernfalls wird die Zeit zur Plage.

Zweiter Pensionär: Ja ja, die Zeit wird zum Feind, wenn man kein Ziel mehr hat.

Erster Pensionär: Dieses Bewusstsein von Endlichkeit, dieses Gespenst, dass Zeit, deine Zeit nicht ewig ist, dass eine Uhr tickt ... mal lauter, mal leiser.

Zweiter Pensionär: Es begleitet mich mein halbes Leben. Meistens bin ich auf der Flucht davor. Ich bin zum Zeit-tot-Schlagen gezwungen, um dieses Gespenst in mir nicht mächtig werden zu lassen. Prost.

Erster Pensionär: Die Zeit, die wir haben, verlangt nach Erfüllung. Das ist wichtig zu wissen.

Zweiter Pensionär: Viele Menschen kennen nur seichte Reize, wollen sich von außen unterhalten lassen. So etwas macht mich auf Dauer trübsinnig.

Erster Pensionär: Es ist besser, sich selbst ein Ziel zu setzen, sich in Bewegung zu bringen.

Zweiter Pensionär: Es gibt sicher geborene Wissenschaftler, Forscher. Zu ihnen gehöre ich leider nicht. Die kennen unser Problem wahrscheinlich nicht.

Erster Pensionär: Die Welt ist chaotisch. Kriege, Hunger, Klimakatastrophen. Und wir kreisen mit unseren Gedanken immer um uns selbst.

Ich muss jetzt raus, denkt König, raus aus dieser Stube, weg vom Wein. Es muss alles anders werden. Ich will nicht zurückkommen. Ich bin zum letzten Mal hier. Ich drehe mich im Kreise. Jedes Ziel, das ich anstrebe, verschwimmt vor meinen Augen. Ich muss etwas tun. Aber was?

Ein später Abend. Geschnatter. Alle hocken eng beieinander. Einer beäugt den anderen, neidet ihm vielleicht die Frisur.

Ich möchte gern mit Ihnen auf Ihr Wohl trinken, sagt eine Frau mittleren Alters. Sie scheint angetrunken. Ich kenn' die Welt, sagt sie zu einem jungen Mann, der ihr gegenübersitzt.

Eine Alte ruft dazwischen: Diese Frau ist eine Sünde wert.

Ich behaupte, sagt jemand, dass jeder Mensch einen Ehrgeiz hat, der auf irgendeinem Gebiet zum Tragen kommt. Der Ehrgeiz kann sich lange versteckt halten. Eines Tages, wenn der Mensch etwas gefunden hat, das ihn interessiert, für das es sich zu engagieren lohnt, dann bricht der Ehrgeiz durch.

Keiner an seinem Tisch hört bei dem Vortrag zu.

Vielleicht glauben viele, ohne Ehrgeiz zu sein, fährt der Mann fort. Aber es fehlt meistens nur ein Anlass, der sie nötigt, sich für etwas einzusetzen. Sie spüren dann, wofür sie da sind.

Einer ruft laut: Aber ich weiß immer noch nicht, wofür ich da bin.

Der Redner geht auf den Zwischenruf nicht ein. Er fährt fort: Ich entdeckte zum Beispiel eine Begabung in mir, die wurde zum Anlass. Ich fand das Thema meines Lebens. Ich arbeite seit Jahren in einem Altenheim. Gelächter übertönt seine Worte.

Der Einzelgänger, auch leicht angetrunken: Ich war immer ein Einzelgänger, bin es bis heute. Trotzdem suche ich die Nähe der Menschen. Ich fürchte das Alleinsein und suche es doch auch. Andererseits leide ich darunter, wenn ich von anderen gemieden werde.

Nun sei mal still, mein Junge, sagt eine alte Dame. Freu dich, dass du mit uns an einem Tisch sitzen darfst. Alle lachen.

Jemand ruft: Das, was du da erzählst, interessiert doch keinen. Kein Mensch kann auf Dauer allein leben, das wissen wir doch alle. Menschen leben nun mal von der Sympathie und dem Wohlwollen anderer.

Ein Student redet laut an einem Nachbartisch: Ohne einen Glauben muss der Mensch ständig nach einem Narkotikum suchen, um die Leerstelle zu vergessen und nicht leiden zu müssen. Er ist aktiver Spieler oder Fan, sucht sexuelle Abenteuer, ist arbeitswütig und betriebsam. Er wird sich vielleicht einem Kaufrausch hingeben, konsumiert auch die Produkte des modernen Kulturbetriebs wie Hamlet heute und morgen My fair Lady.

Der Einzelgänger redet auf andere ein: Ich friere seelisch, wenn ich lange allein bin. Mir ist, als fingen alle Teile meines Körpers an weh zu tun.

Ein anderer sagt: Ich will immer unterwegs sein. Ich liebe das Motorische als solches. Eine innere Unruhe treibt mich. Aber ein Ziel habe ich eigentlich nicht. Der Mann lacht laut. Die Bewegung als solche lässt mich vergessen, dass ich verdammt bin, kein Ziel zu haben. Ich lass mich treiben. Aber ich will auch, dass alle davon erfahren, ja, das will ich.

Eine Frau erzählt: Es waren herrliche warme Tage in Cornwall. Spaziergänge am Rande der Klippen. Wir sahen Delfine, die in den Wellen sprangen. Und die langen Sandstrände. Putzige Hunde und riesige Seemöwen, die Pubs am Hafen, herrlich. Lunch essen bei Polly, es war zu schön.

Eine Lehrerin: Die neuen Lehrer hielten keinen Abstand mehr, ließen sich von den Schülern auf die Schulter klopfen. Das ging nicht gut.

Ein fröhlicher 80jähriger, leicht angetrunken, torkelt durch die Gänge. Er geht von Tisch zu Tisch und klopft auf das Holz. Keiner reagiert.

Wißt ihr eigentlich, ruft er laut, dass dieses Lokal und meine Frau zusammengehören?

Eine Woche später.

Was ist das für ein böser Dämon in mir, denkt der Schriftsteller. Ein Dämon, der ständig flüstert, dass man nur einmal lebt, dass die höhere Wahrheit darin liegt, sich treiben zu lassen. Denn er flüstert: alles ist absurd und gleichgültig.

Ich habe seit Monaten nicht geschrieben, weil ich mich vor dem Schmerz fürchte, der mit dem Schreiben verbunden ist. Der Schmerz wird allerdings, wenn mir etwas als gelungen erscheint, am Ende mit Zufriedenheit, ja mit ein wenig Stolz ausgeglichen.

‚Ein blutiges Geschäft' sagte, glaube ich, einmal ein Kollege. Ein Geschäft, bei dem der Autor bluten muss, sollte es vielleicht besser heißen.

Beim Schreiben reißt man meistens eine noch nicht völlig vernarbte Wunde auf. Man muss sie wieder zum Bluten bringen, wenn das Schreiben einen Sinn haben soll.

Die Frau sucht sich ihren Mann aus, ich beobachte das immer wieder. Sie zeigt ihm, dass sie ihn mag, gibt den Anstoß.

Aufgrund seines Sexualtriebes kommt der Mann, fühlt sich angelockt. Wenn er nicht von Frauen schon verwöhnt ist, die ihn anschwärmen, dann freut er sich, von einer Frau, die gut aussieht, beachtet zu werden. Es schmeichelt ihm. Ihr Augenaufschlag verfehlt nicht seine Wirkung.

Zunächst gibt sie sich überrascht, kokettiert, fordert von ihm Geduld. Sein Verlangen wird stärker. Am Ende gibt sie ihm das Gefühl, sie, die Frau, erobert zu haben. Viele Männer brauchen dieses Gefühl, die Frau als Beute. In Wirklichkeit ist er ihre Beute, von ihr ging die ganze Inszenierung aus.

Ein Student: Verliebtsein ist eine Qual, wenn man so veranlagt ist wie ich es bin. Seit acht Tagen bin ich von ihr getrennt. Ich bin dankbar, dass die Zeit vorbei ist. Ich verfluche das Verliebtsein. Es war die Hölle. Glück in einer Beziehung gibt es nur einmal. Der Verlust hat mir die Illusion geraubt, dass das Leben für mich noch einen Sinn haben könnte.

König: Im Malen liegt meine Chance, mit der Vergangenheit fertig zu werden.

Ein Kellner: Ich kenne einen 68jährigen Pensionär, der fährt einmal in der Woche mit dem ICE von HH nach Franken, um hier allein zu essen und zu trinken. Er steht um fünf Uhr auf, nimmt den ersten Zug um sechs Uhr und fährt am gleichen Tag noch abends zurück. Er braucht die Entfernung, um sich wohl zu fühlen.

Ein Mann ruft: Er meint mich. Ich hatte eine schöne Fahrt. Das Rot der frühen Sonne lag auf dem weiß schimmernden Reif. Der Zug durchschnitt die Landschaft. In den Abteilen lag noch das fahle Morgenlicht. Die Menschen dösten vor sich hin.

Am Nebentisch sagt einer: Das Niemandsland liegt hinter mir. Ich habe ein neues festes Ufer betreten. Ich habe mir ein Ziel gesetzt und behalte es im Auge. Ich helfe einer alten Frau, die nicht mehr laufen kann. Ich kaufe für sie ein.

Alle kennen Meister Fittkau. Er erscheint immer in einer blau verwaschenen Jeanshose und in einem grünen Pullover. Er besitzt dunkles Kraushaar über einem aufgeschwemmten gutmütigen Gesicht. Eine kicherige Lache zeichnet ihn aus. So torkelt er, der Meister Fittkau, jeden Tag durch die weinseligen Räume.

Wenn es um Fußball geht, wird Herr Fittkau lebhaft, hält leidenschaftliche Vorträge, seine dunklen Augen funkeln, die Lippen vibrieren. Der sonst still Lächelnde wird zum Rhetor.

Ich habe nie um meinen Arbeitsplatz bangen müssen, wirklich nie, sagt jemand.

Der Rentner: Ob ich einen guten Stern habe? Wie wird es weitergehen? Ich weiß es nicht. Unsere Republik ist in einem schlechten Zustand, das meinen alle.

Der Schriftsteller: In mir ruft es seit langem, es ist nicht zu überhören. Ich kann dem Ruf nicht ausweichen. Es muss sein, es ist gut so. Ich habe keine Wahl. Eigentlich bin ich froh darüber. Ich will nur noch schreiben, schreiben.

Eine Frau: Mein Mann hat sich nie um uns gekümmert, er konnte mir nicht einmal zuhören.

Der Rentner: Ich muss mich vor dem schnellen Älterwerden retten. Aber wie?

Eine Frau: Diese Woche hat meine Familie noch zu einer Festwoche erklärt. Uns ergeht es wie vielen, die den Tannenbaum nach den Festtagen nicht mehr sehen können. Er wird post festum sofort entsorgt. Ein Fest sollte man nicht künstlich verlängern. Jetzt wird der Frühling ersehnt.

Ein Pensionär: Die freie Zeit wird zum Feind, wenn man nicht mehr weiß, wozu man da ist. Eine leere Zeit, die wir nicht mehr ausfüllen können, erinnert, dass es mit uns zu Ende geht. Die Folge ist: wir sind auf der Flucht vor uns selbst. Wir müssen in etwas hineinflüchten, das unserem Leben einen Inhalt zu geben scheint. Bleibt die Zeit leer, wird dem Menschen seine Zeitlichkeit, seine Endlichkeit bewusst. Diesem Bewusstsein muss der Mensch entkommen.

Ein zweiter Pensionär: Ich habe diese Leere nie empfunden, das Problem hat sich für mich nie gestellt.

Jemand erzählt: Heute wird mein Vater 100 Jahre alt, das heißt, er wäre 100 Jahre alt geworden. Er war zeitlebens ein großer Sünder. Aber er war auch ein großer Mann der Reue. Ein Sünder und Heiliger in einer Person.

In einem Bus ergriff ihn immer eine Sehnsucht nach Jugend und Naivität. Ich frage euch, warum gerade im Bus?

Ein Rentner: Grausige Morde passieren täglich bei uns. Wohin soll das führen? Die Kriminalität steigt. Es wird immer brutaler.

Die Stimme einer Frau: Ich bin dankbar, wir haben das Weihnachtsfest harmonisch gestaltet.

Ich freue mich auch, sagt ihre Tischnachbarin, dass wir das Fest gut überstanden haben, ohne Ärger. Die gegenseitigen Ressentiments kamen dieses Mal nicht zum Durchbruch.

Eine dritte Frau: Ja, auch unsere Festtage sind dieses Mal ohne Streit vorübergegangen. Gott sei Dank.

Ein Rentner: Dieser oder jener ist plötzlich tot. Man erschrickt, sagt: Oh Gott, der auch schon. Dann vergisst man. Eines Tages gehört man auch zu denen, über die andere erschrecken.

Ein Pensionär: Überall werden Menschen, vielleicht unschuldige, inhaftiert gehalten, während wir hier gemütlich Wein trinken.

Ein Rentner: Die Menschen hasten, ihr Kopf ist voller Geld. Aber ich frage: Wozu ist der Mensch auf der Welt? Manche, die Geld raffen, glauben sich selbst zu verwirklichen. Ein schrecklicher Irrtum.

Ein Rentner: Ich habe viel Geld in Aktien investiert. Alles in allem hat es sich gelohnt. Die Welt draußen steht, moralisch gesehen, in Flammen. Aber hier leben wir doch noch in einer Oase.

Du meinst: draußen ist eine moralische Wüste.

Warum?

Weil du von einer Oase sprachst. Dazu passt dein Bild von den Flammen nicht.

Der Priester, der jeden Morgen ein Glas Wein trinkt.

Sie leiden unter Langeweile? fragt er. In der Liebe zu Gott würden Sie von Langeweile befreit sein. Ein gläubiger Mensch kann nicht von ihr gequält werden.

Ein Pensionär: Wisst ihr eigentlich, dass ich ein Fetischist des Abschieds bin? Ich liebe den Abschied und nehme ihn doch nicht ernst. Er verliert bei mir seinen Stachel, tut nicht weh. Ja, ich liebe den Abschied, indem ich ihn ständig wiederhole. Ich erfinde immer neue Arten des Abschiednehmens, um die Aura zu genießen, diese wehmütige Stimmung. Ich suche immer neue Gelegenheiten, den Abschied auch hinauszuzögern, um mir das melancholische Gefühl zu erhalten.

Obwohl ich von ihnen schon unzählige Male Abschied genommen habe, kehre ich immer wieder an alte Stätten zurück, an denen ich mit meiner Frau glücklich war und bilde mir ein, die Zeit sei stehen geblieben.

Für meine Frau ist die Gegenwart wie ein grünes Blatt am Baum.

Wenn das Blatt gelebt hat, seine Zeit vorüber ist, sich färbte, abstarb, zu Boden fiel, dann bekommt es für mich erst seinen eigentlichen Wert.

Während meine Frau sich an einem anderen grünen Blatt erfreut oder auf ein neues wartet, sammel ich die zu Boden gefallenen Blätter, um sie als ein Gewesenes im Gedächtnis zu bewahren, da jedes rot oder braun gefärbte Blatt mit einem vergangenen grünen Erlebnis verbunden ist.

Sein Tischnachbar sagt: Du warst schon immer ein sonderbarer Kauz.

Ja, ein grünes Blatt ist für mich nur interessant, weil es sein Schicksal ist, einmal zu Boden zu fallen und welk zu werden. Dann kann es vorsichtig präpariert werden. Jetzt beginnt für mich die eigentliche Arbeit.

Ihr müsst das natürlich als Gleichnis nehmen. Ach, da kommt Rudolf. Komm Rudolf, setz dich her.

Rudolf: Ich lebte auf, das wisst ihr doch. Ich war wieder ein Mann geworden, der geliebt wurde. Wenn ein alternder Mann, wie ich es einer bin, in die leuchtenden, lebensbejahenden Augen einer jungen Frau blickt ... Männer, das Leben wird dir neu geschenkt. Ein wenig Jugend, du darfst dich jung fühlen. Marion und ich, wir wollen heiraten.

Tage später.

Ein Kellner: Hier sitzen oft Traurige und Einsame. Sie wollen ihren Kummer, ihre Sorgen mit anderen teilen. Jeder fühlt sich getröstet, wenn er hört, dass der andere auch betroffen ist.

Ich traf neulich einen Gast, der extra eine Scheidung von seiner Frau erfand, um von anderen bemitleidet zu werden. Ein anderer erfindet Zahnschmerzen, um bedauert zu werden.

Eine junge Frau: Was für eine seidige Luft draußen, alles flimmert in der zarten Frühlingssonne. Die Burg, der Fluss, die Figuren auf der Brücke, alles verschwindet im Dunstschleier dieser märzigen Luft.

Eine ältere Dame: Ich bin seit 40 Jahren Mitglied einer Krankenkasse, und dann wird man so behandelt. Nicht einmal eine Antwort war ich ihnen wert.

Ein Witwer: Mit der Liebe werde ich nicht fertig, sie ist wohl nicht von dieser Welt. Sie findet hier keine Heimat. Meine Frau hat mich verlassen nach einer langen schweren Krankheit, schon vor fünf Jahren. Ich denke immer an sie. Mit dem Verlust werde ich nicht fertig.

Der Einzelgänger sitzt in seiner Ecke und meditiert.

Ich kenne meine Gefahr. Der Hochmut eines Einzelgängers, der glaubt, auf andere nicht angewiesen zu sein. Ich sollte meinen Hochmut als schädlich erkennen und ihn bekämpfen. Einen Hochmut, der einen Weg in die innere Hölle ebnet.

Man kann an Selbstliebe ersticken. Der Mensch trocknet innerlich aus, weil er sich anderen nicht mehr zu öffnen vermag, um sie zu sich einzulassen. Jede Freude verkümmert, weil eine liebende Kommunikation nicht mehr stattfindet. Der Mensch gleicht einer Pflanze, die nicht mehr begossen wird und langsam austrocknet.

Gibt es einen inneren Zwang, sich den anderen gegenüber zu verschließen?

Da ich den unwiderstehlichen Drang spüre, Mauern um mich zu bauen, die mich schützen sollen, darf ich mich nicht wundern, wenn das Alleinsein zunimmt. Ich muss mich auf Einsamkeit vorbereiten. Ich darf keine Angst vor ihr haben, sondern sie annehmen als etwas, das zu mir gehört.

Oft habe ich das Verlangen, mit einem Menschen ein paar Worte zu wechseln.

Alleinsein kann sehr weh tun, wenn man sieht, wie andere zu zweit oder in Gruppen miteinander reden. Obwohl man selbst dazu beigetragen hat, fühlt man sich ausgesetzt, verloren.

Das Glück, in die Zweisamkeit eines Paares für auch nur kurze

Zeit aufgenommen zu sein, dieses Gefühl, ja, das gibt es. Es ist manchmal nur der Augenblick eines flüchtigen Kontakts. Er genügt mir, um mich zu bewahren vor der Leere, dem bitteren Gefühl, allein eine Welt aushalten zu müssen.

Ich bin lieber einsam, als dass ich einen Umgang pflege mit banalen Menschen, die mich meine Einsamkeit noch stärker fühlen lassen.

Peter König

Ich bin ein Kneipengänger. Dorthin fliehe ich, um vermeintliche Geborgenheit zu finden.

Der Wein steigt schon wieder zu Kopf. Mir wird wohler. Der Tag verliert sein Grausiges. Mut und Lust fließen in die Adern.

Noch einmal attraktiv sein. Ob es gelingt? Nur noch einmal schlank werden, gut aussehen. Der Lebenstrieb bricht in mir durch, auf ihn habe ich gewartet. Ein letztes Aufbäumen.

Ich habe Falten im Gesicht und auch ein wenig Bauch.

Ich habe Schuld auf mich geladen, wie alle Menschen. Klar, wie alle. Eine Schuld, die aber kaum entschuldbar ist. Ich habe meinen Sohn vernachlässigt, meine Frau verraten, mich kaum um beide gekümmert.

Ich bin an einem Ende angelangt. Jetzt muss ich mich zu retten versuchen nach all den Saufjahren. Mir bleibt nicht mehr viel Zeit. Ich bin ein Mensch, der am Rande lebt, am Rande der Gesellschaft. Aber ich will keinen Erfolg. Nur an den Blumen riechen.

Am kommenden Sonntag schwöre ich dem Wein für ein Jahr ab. Aber das habe ich doch schon so oft versucht, immer ohne Erfolg. Einen Sonntag später saß ich wieder vor der Flasche.

Ich muss malen, endlich. Es ist eine Verpflichtung mir selbst gegenüber. Du hast gelebt. Die Gier nach Erlebnissen in dir ist erloschen. Jetzt kann dich keine Angst vor möglichen Versäumnissen mehr an der Arbeit hindern.

Ich weiß, ich werde nach einer langen Pause zum Alkohol zurückkehren. Ich muss versuchen, die Rückkehr hinauszuzögern. Aber der Rückfall ist programmiert. Ich weiß es.

Der Alkohol hat mich mein Leben lang begleitet. Er wird mich bis zum Ende meines Lebens begleiten. Ich werde umso sicherer zurückkehren, da ich sozial noch nie einen Abstieg erfahren habe oder auch nur sozial auffällig geworden bin. Darauf bin ich stolz. Aber die Gefahr besteht darin, dass ich dazu neige, meine Abhängigkeit zu verharmlosen.

Peter König verzieht sein Gesicht zu einer schmerzhaften Grimasse.

Frech, frech war Jens eigentlich immer schon. Einmal sagte er: Du hast Mama verraten, das vergesse ich nie. Der Kellner bringt ein viertes Glas Wein.

Eine Frau: Diese Menschen im Hotel! Ekelhaft. Selten ein angenehmes Gesicht. An der Bar hocken stumpfe Gesichter und schlürfen mit Behagen ihre Cocktails.

Ich musste meinem Mann helfen, nachts das Klo zu finden. Er torkelte von den vielen Drinks und wusste nicht, wo er sich befand. Gegen Morgen fiel er aus dem Bett.

Der Schriftsteller: Das Buch ist da! Der Verlag hat es mir zur Probe geschickt und einige Freiexemplare dazu. Ich habe ein Etappenziel erreicht. Ein Traum aus früheren Zeiten ist in Erfüllung gegangen.

Ein Mann erzählt: Meine rastlose Fahrt durch Frankreich, zunächst durch die Normandie. Ich trank viel Calvados, um zu vergessen. Später Rosé-Wein von der Loire, bis ich Rhythmusstörungen bekam in Saumur. In Chenanceaux am Abend wurde es besser. Ich war an der Küste vorher, wo die Alliierten 1944 landeten. Ihr wisst doch, diese Soldatenfriedhöfe hinter Bayeux. Das Besichtigen, die langen Fahrten in wenigen Tagen und das starke Trinken.

Sie hatte mich bis Paris begleitet. Dort machten wir Schluss, für immer. Es muss sein, sagte sie. Du bist zwar immer noch sehr nett, aber unsere Lebensplanung geht auseinander. Wir behindern uns nur gegenseitig. Es war ein heißer Augusttag in Paris, 30 Grad. Die Hitze begleitete mich durch die Normandie bis Deauville und Saint Malo.

In Saint Michel gab es eine erste Warnung. Ich glaubte, einen Schlaganfall zu haben. Die eine Hälfte des Kopfes schmerzte. Vor der Stirn – oder war es dahinter? – glaubte ich ein Brett zu spüren. Beides wurde von einem Ohrensausen begleitet.

Der Schriftsteller: Um Schriftsteller zu werden, musste die übermächtige Vitalität, über die ich immer verfügte, gebrochen werden. Diese gierige Lust und Neugier auf das Leben, sie hielt mich vom Schreiben ab. Aber vielleicht ist auch die Lethargie, die nach exzessivem Leben verstärkt mich aufsuchte, wichtig gewesen. Aus der Tiefe muss man aufsteigen.

Das Schreibenkönnen setzt ein Schwinden der Vitalität voraus, davon bin ich überzeugt. Diese Erkenntnis trifft jedenfalls auf mich zu. Ich ziehe mich immer mehr zurück. In den nächsten Wochen will ich Abschied nehmen von Stationen, von denen ich eigentlich schon längst Abschied genommen habe.

Ein Mann erzählt: Es gibt Frauen, die einen Mann zu quälen versuchen, wenn sie sich von ihm geliebt glauben. Sie versuchen, wie weit sie gehen können, wie viel er sich gefallen lässt aus Angst, die Geliebte zu verlieren. Ich sage dir: diese Art Männer bleiben versklavt, oder aber sie schlagen irgendwann zurück. Und das habe ich dann auch getan.

Der Arbeitslose und Herr König.
Sie sind ein Mensch, sagt der Arbeitslose, der nur um sich kreist.
Alle Menschen kreisen um sich selbst.
Nein, ich nicht. Ich bin eigentlich ein geborener Sozialhelfer.

Ich bin ein ästhetischer Mensch, sagt König.

Ästhetische Menschen kreisen also um sich selbst?

Ja. Sie sehen ihr Leben als Aufgabe, wollen es zu sich selbst bringen. Sie müssen es, wenn sie voller innerer Spannung sind.

Wie wird man zu einem ästhetischen Menschen? Wird man als ein solcher geboren?

Vielleicht. Der ästhetische Mensch – nicht zu verwechseln mit einem Ästheten – ist lebenshungrig. Er will alle seine Erlebnisse assimilieren, das heißt plastisch in sein Wesen umschmelzen.

Das verstehe ich alles nicht, ich bin zu dumm. Ach, das viele Saufen. Wir sollten schlau sein, bevor es zu spät ist.

Ich hasse das Saufen und tue es doch, sagt König. Wie oft habe ich diesen Widerspruch in mir entdeckt. Ich bin jetzt im Alter ein Stimmungsmensch und der braucht keinen Besitz. Er glaubt nicht an die beati possidentes, er will das Leben als solches. Ich habe diese Neigung von meinem Vater. Das Leben als solches ist wichtig, das ist die ganze Philosophie. Gelebtes Leben ist wichtiger als ein Werk zu schaffen. Also wichtiger als das, was man vor sich für alle sichtbar geleistet hat. Meistens sind derartige Menschen wie ich es einer bin ohne den Stachel des Ehrgeizes.

Das verstehe ich, murmelt der Arbeitslose. Aber was hinterlässt am Ende ein Mensch, dessen ganzes Leben nur auf Genuss ausgerichtet war? Ich habe mit meiner Frau Kinder und Enkelkinder. Was hinterlässt ein solcher Mensch, wenn sich alles in einer ästhetischen Lebensweise aufgelöst hat? Kann man sich selbst als Kunstwerk genießen? Auf sich stolz sein, ohne etwas objektiv geschaffen zu haben? Ich habe vor meiner Kündigung lange in einem Betrieb gearbeitet. Ich konnte mich mit meiner Arbeit identifizieren, hatte immer das Gefühl, etwas zu leisten. Heute leider nicht mehr.

Der Arbeitslose: Ich fahre morgen nach Iphofen. Nein, ich fahre morgen nicht nach Iphofen, ich fahre übermorgen.

Ein Gast: Unangenehmes Wetter heute. Föhniges, lauwarmes, klebriges Wetter. Stürmischer Wind, Blätter fallen.

Der Schriftsteller: Wenn man Leute im Zug lesen sieht, dann denke ich: es könnte auch dein Buch sein, in dem sie lesen.

Und gestern war die Luft so frisch und klar, sagt der Schriftsteller. Blätter wirbelten, gelbbunte Kastanienblätter schwebten, vom Wind getragen, herab, legten sich auf Kopf und Schultern. Früchte prasselten, überall in den Gärten und Gräben lagen die roten Äpfel und die blauen Zwetschgen.

Sie sind ja ein Poet, meint ein Gast.

Ja, das bin ich, und mein Buch wird gelesen. Herrlich.

Der Philosoph: Der eine verliert ein Bein, ein anderer muss den Rest seines Lebens im Rollstuhl verbringen. Beide denken trotz ihres schweren Schicksals positiv, verzweifeln nicht. Ein Dritter, kerngesund, nimmt sich aus Liebeskummer das Leben oder erschießt sich und seine Kinder noch dazu.

Warum ist das so? Ich finde keine Antwort. Gibt es nur ein inneres Schicksal? Ist die psychische Konstitution des Menschen entscheidend?

Der Rentner: Ich habe keinen Halt in meiner Familie, sie scheint sich aufzulösen. Äußerlich gibt es noch lose Beziehungen, sicher auch praktische Hilfe, sollte jemand in Not sein. Ein Rest an Verantwortungsgefühl besteht ja noch, aber sonst nehmen wir keinen Anteil am Leben des anderen, seinen Interessen und Erlebnissen.

Der Tischnachbar: Aber das ist doch typisch für unsere Zeit. Den meisten Menschen ergeht es so wie dir. Wir bleiben alle allein. Wer das Gegenteil behauptet, stellt eine Ausnahme dar oder lügt. Ich beobachte, dass sich die Familienmitglieder aus dem Wege gehen und sich gegenseitig ignorieren.

Ein Gast: Wenn ich arbeite, ja hart arbeite, dann doch nur, um später besser genießen zu können. Epikureisch gedacht haben „saure Wochen" eine wichtige Funktion. Die freiwillig gewählten „sauren Wochen" können den Lebensgenuss steigern. Ich werde meine Exzesse unterbrechen, denn mit ruinierter Gesundheit kann man natürlich nicht genießen.

Der Philosoph: Zum Leben gehört auch das geistige Leben, das Suchertum des Menschen, seine Neugier in alle Richtungen, seine Reflexion, seine Religiosität.

Das Leben erscheint in Stufen, kann sich steigern. Es kann für manche in religiöser Verzückung, in Hingabe und Opferbereitschaft seinen Sinn und Höhepunkt finden. Alles sind Ausdrucksformen des Lebens, übrigens auch die Absage an das Leben.

Das Leben hat eine dialektische Struktur. Es würde stagnieren, wenn nicht frohe Feste und saure Wochen einander ablösten.

Ich habe nie verstehen können, wie man Wirtschaft in den Mittelpunkt seines Denkens stellen kann. Alles Wirtschaftliche, Technische ist nur ein zwar notwendiges, aber banales Mittel, um die Mühen des Lebens zu erleichtern und es nicht in Enge und Armut dahinsiechen zu lassen.

Eine der schönsten Illusionen bei vielen Völkern war es, die Sonne wie eine wohltuende Göttin anzubeten, die Segen und Leben schenkt.

Eine sehr intelligente Illusion, da der Segen zufällig ist. Bei einer anderen Konstellation würde die Sonne uns und die gesamte Natur verschlingen.

Nur eine geregelte Arbeitszeit kann mich aus den depressiven Verstimmungen reißen, sagt der Arbeitslose, aus einer Krise, die sich zugespitzt hat.

Ständig ringe ich um eine Strategie, die mir ein psychisches Überleben garantieren könnte. Ich habe Angst. Angst, dass keiner mich will, mich braucht und das nach meinem 50. Geburtstag.

Ja, ich trinke. Die Angst wird von Monat zu Monat größer, sich dem Sog der Gewohnheit nicht mehr entziehen zu können. Ich treibe ein kokettes Spiel mit der Selbstzerstörung. Ich bin maßlos geworden, um den täglichen Frust zu bekämpfen. Ich esse mehr, trinke bis in die Nacht hinein, rauche Zigaretten wie ein Schlot und mache Schulden.

Immer verfolgt mich das Lächeln fremder Menschen, die mir auf der Straße entgegenkommen. Warum eigentlich? Es scheint eine Art Verfolgungswahn zu sein. Warum fühle ich mich durch das Lachen anderer Menschen verunsichert?

Ein Misstrauen, kommentiert sein Nachbar. Sie bilden sich ein, die Menschen lachten Sie aus. Ich frage mich nur, warum bilden Sie sich das ein?

Ein Student: Meine angeborene Schüchternheit setzt sich sofort durch, wenn ich in einen persönlichen Kontakt mit einzelnen trete. Ich bin weniger schlagfertig und witzig, fühle mich gehemmt.

Das ist ganz anders, wenn ich allein vor einer Gruppe stehe und reden muss. Ja, auch aus dem Stegreif. Ich fühle mich dann souverän, wenn ich allein zum Beispiel auf einer Bühne, auf einem Podium stehe und eine Ansprache halten darf. Dann ergreift mich eine Selbstsicherheit, ich verliere jede Hemmung und wachse über mich hinaus.

Abseits von den anderen Gästen sitzen zwei Teenager. Sie summen vor sich hin, bewegen ihre Köpfe rhythmisch zu den Klängen der Musik, die aus ihren Kopfhörern dröhnt.

Der Kellner bringt die Karte. Sie werfen einen Blick darauf, schütteln dann den Kopf, stehen auf und verlassen die Gaststube.

Ein junges Mädchen: Alles Vulgäre und Präpotente ekelt mich an. Durch freundliche Unnahbarkeit halte ich mir einen solchen Typen vom Leib.

Die Abende waren zu lang, erzählt eine junge Frau. Auf unserem Balkon stank es nach Gülle. Ich war froh, als die Woche vorbei war und wir wieder abreisen konnten. Unsere Stimmung war auf dem Tiefpunkt. Ich möchte nur noch zu Hause bleiben.

Junge Frauen unter sich.

Ich sitze manchmal draußen und gaffe den Mond an. Er interessiert mich aber schon lange nicht mehr. Der Mond symbolisierte für mich früher die Weite, die Ferne, welche eine romantische Sehnsucht weckt. Sehnsucht nach noch Unbekanntem, das ich früher suchte. Heute betrachte ich den Mond aus ironischer Distanz. Er beruhigt mich, besänftigt eher statt Fernweh zu wecken.

Ihre Nachbarin: Mich interessiert der Mond nicht mehr. Es gab Zeiten, da liebte ich es, nachts allein auf dem Balkon zu sitzen und, wenn alle anderen schliefen, in das kalte Licht des Mondes zu blicken. Das ist vorbei. Ich bin vielleicht zu alt geworden für diese Liebe zum Mond und für das, was er für viele Menschen darstellt.

Wirkt der Mond denn beruhigend? fuhr die Frau fort. Er lockt auch nicht. Wer sich auf ihn einlässt, näher studiert, findet, dass er leer ist, ein Nichts. Ja, hinter dem Mond grinst das Nichts.

Ich sehe das anders. Die Nacht lockt, sie hat mich immer gelockt. Am Ende stand immer die Forderung des Tages, unbarmherzig. Mond und Nacht täuschen, sie locken in den Tod. Ich will noch viel schaffen, muss mir Nüchternheit bewahren, kann mir keinen romantischen Rausch mehr leisten.

Nacht und Mond bedeuten für mich auch heute noch wie damals Maßlosigkeit, ergänzte die Frau. Der Tag begrenzt, schafft Konturen und fordert Klarheit und den Willen, gesund zu sein. Ich hasse den sentimentalen Wunsch nach einem Selbstzerfließen. Ich will etwas leisten. Der Tag verlangt die notwendige Härte zu sich selbst. Nacht und Mond verführen, sich auflösen zu wollen. Die Konturen verschwimmen, alles fließt ineinander. Man wird des Willens zum Gestalten beraubt. Und leben heißt für mich nun einmal gestalten.

Ihre Nachbarin erzählt: Wir waren befreundete Paare früher, fuhren nachts mit dem Auto zu einem See und badeten dort nackt bei Vollmond. Wir tranken viel Wein und kamen zurück, wenn die Sonne aufging. Aber das liegt lange zurück.

Der Lehrer erzählt: Eine Naivität zeichnete mich aus, als ich kurz nach meinen Examina zum ersten Mal als junger Lehrer die Schule betrat. Auf dich haben sie nur gewartet. Du wirst endlich Schwung in den Laden bringen. War ich nicht im Grunde zu schade für diese Schule, da doch andere Gymnasien in einem noch besseren Ruf standen. Und diese meine neue Schule sollte schon lange nicht mehr das sein, was sie einmal war. Junge tüchtige Kräfte mussten ran, die zeigten, wo es langging. Und ich gehörte natürlich dazu. Hier musste endlich aufgeräumt werden. Ja, so ungefähr dachte ich damals.

Mit anderen jungen Kollegen wollten wir frische Luft in ein Gebäude bringen, in dem nur überalterte Kollegen unterrichteten. Ja, mit uns Jungen brach die neue Zeit an. Dankbarkeit war wohl das mindeste, was wir von den Alten für unser Engagement erwarten durften.

Aber so denken doch viele, sagt eine Frau, die mitgehört hat. Mein Mann glaubte immer, seine Leiden legitimierten ihn, als etwas Besonderes zu gelten. Ich sagte: Vielleicht leiden viele wie du, du weißt es nur nicht. Aber er bildete sich ein, er sei eine Ausnahme.

Der arbeitslose Mann grübelt.

Wenn ich mir jetzt vorstelle, noch einmal nach Iphofen reisen zu sollen, dann überfällt mich eine starke, an Lethargie grenzende Lustlosigkeit. Es ist, als gäbe ich schon gewonnenes Terrain freiwillig auf, kehrte in eine Gegend zurück, von der ich glaubte, sie seit langem überwunden zu haben.

Es ist, als kehrte ich als Sitzenbleiber in eine Klasse jüngerer Schüler nach den Sommerferien zurück. Zu Schülern, die ich als die jüngeren immer auf dem Schulhof gesehen hatte und die mich jetzt wie einen Exoten in ihren Reihen verwundert und spöttisch betrachten würden.

Die Mitschüler meiner alten Klasse waren alle in die nächste höhere Klasse versetzt worden, hatten mich zurückgelassen. Und plötzlich dieses Gefühl: dein Leben ist stehen geblieben. Du gehörst weder zu der Gruppe derer, die an dir vorbei in die Zukunft stürmen, noch zu denen, die sich schon lange kannten und jetzt zusammen mit dir in eine Klasse stolz geschritten waren, in welcher du schon das letzte Jahr zugebracht hattest.

Die älteren Schüler entfernten sich von dir, grüßten noch mitleidig, wenn sie dir begegneten. Und die jüngeren schienen einer verschworenen Gemeinschaft anzugehören. Du bildetest dir ein, sie sähen in dir einen Versager, einen Verlierer, dessen Schicksal keiner teilen will. Zum ersten Mal empfandest du das, was man Einsamkeit nennt.

Eine Frau: Die täglichen Fernsehbilder, die in unsere Wohnung flimmern, suggerieren, dass die Welt aus einem einzigen Horrorszenario besteht.

Eine Frau: Ich habe, so scheint es, zu nichts mehr Lust, möchte nur noch zu Hause bleiben. In Venedig bekam ich im letzten Jahr einen Koller. Wir waren zum 16. Mal dort. Ich wäre am liebsten sofort nach Hause gefahren, aber wir hatten ein teures Hotel gebucht und mussten bleiben.

Was das Reisen angeht, so ekel ich mich nicht nur vor dem Ziel, sondern vor der Fahrt, dem Flug. Immer denke ich: Wir stürzen ab oder Terroristen töten uns.

Wer immer reist, verliert sich, sagt mein Mann. Jede Reise bezahle ich mit Verdauungsproblemen. Reisen erholen nicht, rauben Kraft. Welchen Sinn hat das Reisen?

Tatsache ist: ich freue mich vorher auf eine Reise und bin dann unglücklich, wenn ich unterwegs oder am Ziel bin.

Wir fuhren im Sommer immer nach Bornholm, sagt ihre Tischnachbarin. Aber es gab keine Erholung. Zuletzt hatten wir ein enges Zimmer mit niedriger Decke gebucht. Warum soll ich in dieser Enge 14 Tage bleiben, wenn ich es zu Hause viel besser habe. Ich kenne auch kein Fernweh mehr. Reisen hat jeden Reiz für mich verloren.

Wir dürfen auf keinen Fall noch einmal nach Bornholm reisen. Wir sind der Insel überdrüssig.

Es gab Zeiten, in denen ich zehn Stunden durch Rom lief, sagt ihr Mann, der bisher geschwiegen hatte. Meine Kräfte schienen unbegrenzt. Ich sage immer: Wenn die Reisen nach innen beginnen, müssen die Reisen nach außen abgeschlossen sein.

Die Frau: Ein einziges Mal konnten wir im Innenhof bei Morgensonne frühstücken. Diese Kälte im Juli, nur immer Kälte. Das greift ans Herz. Jede Lebensfreude erstirbt. Wir haben den Tag herbeigesehnt, an dem wir wieder nach Hause fahren konnten.

Der Mann: Wenn ich morgens mit dem Fahrrad zum Bäcker fuhr, um Brötchen zu holen, peitschte einem schon der Regen ins Gesicht.

In jedem Urlaub sehne ich den Tag herbei, an dem es wieder nach Hause geht. Warum? Wo liegt die Ursache? Vielleicht liegt sie darin, dass ich gerade im Urlaub merke, was mir im Leben noch fehlt, dass ich noch weit von meinem Lebensziel entfernt bin. Gerade der Urlaub schafft das Bewusstsein dafür.

Die Frau: Das Wegwollen von zu Hause ist dasselbe wie das Zurückwollen vom Urlaub. Es sind die gleichen Empfindungen.

Wenn der letzte Tag gekommen ist, will aber mein Mann immer bleiben. Er versteht plötzlich nicht mehr, warum er ein paar Tage vorher schon wieder früher weg wollte.

Der Mann: Es war in der letzten Nacht ein prächtiger Sternenhimmel. Ich bedauerte, dass der Urlaub zu Ende war. Ich wäre gern noch geblieben. Auf Bornholm muss man den Wind hören, er singt, spricht und klagt. Er singt das Lied von der Einsamkeit.

Die Frau: Nun hör dir das mal an. Wenn mein Mann poetisch wird ...

Der Mann: Am letzten Tag weiß ich immer, was ich zu Hause vermissen werde: das Rauschen der See, den kräftigen Wind und die vom Sturm zerzausten Dünenketten.

Der Schriftsteller: Ich bin jetzt zuversichtlich, dass sich mit dem Erscheinen meines Buches der ganze Lebensstil ändern wird. Das Gefühl, etwas gestaltet zu haben, ist ein stolzes und den ganzen Menschen beschwingendes Gefühl. Es verscheucht die trüben Gedanken, die mich so oft überfielen. Die Gewissheit, etwas geleistet zu haben, war die einzig richtige Therapie, mich aus meiner Misere zu befreien. Vor allem die Anerkennung, nach der ich lange gelechzt habe.

Müßiggang und nächtlicher Kneipenbummel trieben mich in eine Verzweiflung hinein. Meine Rettung auf Dauer kann jetzt auch nur darin bestehen, dass ich mein exzessives, mein ausschweifendes Leben beende und mich zu ständiger professioneller Arbeit zwinge. Ich merke zu meiner Beruhigung, dass ich mich noch freuen kann.

Vielleicht gelingt es mir, eine neue Lebensform zu begründen. Aber den gleichen Wunsch hatte ich doch schon vor zwei Jahren. Hier liegt eine Ironie, mit der ich mich selbst zum Narren mache. Wie oft dachte ich: aber im Herbst beginnst du ein neues Buch. Dann geht es los, dann mache ich aus mir einen neuen Menschen. Ob ich nach der Buchmesse meinen Wunsch endlich in die Tat umsetze? Ich muss endlich vor mir selbst glaubwürdig werden.

Ich bin zufrieden, weil ich mich nicht nur berufen fühle, sondern auch mit mir übereinstimme. Vor der Arbeit werde ich nicht mehr fliehen. Im Gegenteil, ich freue mich auf sie.

Rentner: Heute haben wir ein sittliches und geistiges Chaos. Kaum ein Politiker flößt mir Vertrauen ein. Sie erscheinen wie unseriöse Gebrauchtwarenhändler und verspielen den Glauben an die

Demokratie. Dann kann der einzelne nur noch abtauchen oder zum Opfer werden. Gleichgültigkeit und Resignation breiten sich aus. Überall die Parole: Rette sich wer kann. Statt Gemeinsinn ein dumpfes Nischendasein. Die Menschen ziehen sich zurück. Wer zugrunde geht, hat Pech gehabt, einfach nicht aufgepasst. Es ist seine Schuld, wenn ihm etwas widerfährt.

Eine Frau: Ich finde, ein heißer Tag hat etwas Aggressives in seiner brennenden offenen Trägheit, welche die Zeit dehnt, indem sie diese zum Stillstand kommen lässt.

Man lebt dem Abend entgegen, freut sich auf die stillen und verborgenen Geheimnisse einer langen Sommernacht, die wie ein verdientes Geschenk für die Geduld am Ende eines Tages erscheint, dessen Schwüle ein Gefühl von Enge und Unerlöstsein erzeugt.

Der Philosoph: Der zentrifugale Mensch ruht weder in Gott noch in sich selbst. Er weiß um seine Endlichkeit. Das Wissen macht ihn unruhig, da er kein Zuhause hat. Er blickt auf die Uhr, möchte, dass die Zeit schneller vergeht und doch zugleich, dass sie stehen bleibt.

Er hat Angst, der moderne Mensch, vor der Zukunft, da sie ja doch als ultima ratio ein Ende des Lebens bedeutet. Er möchte aber auch keinen Stillstand der Zeit, da ihm die Gegenwart keine Zuflucht bietet.

So treibt er rastlos zwischen der Angst vor dem Morgen und der Depression des Jetzt und Hier hin und her.

Der Rentner: Wirklich einsam bist du dann, wenn keiner von deiner Krankheit erfährt, vielleicht auch nicht einmal von deinem Tod. Nicht einmal das übliche Lippenbekenntnis „Ach, der Arme" wird dir zuteil.

In unserem Nachbarhaus gab es einen solchen Fall. Man fand den Verstorbenen erst zwei Wochen nach seinem Tode in seiner Wohnung. Schrecklich. Kein Verwandter oder Bekannter, der erschrak oder bestürzt war über das Ableben dieses Menschen.

Eine alte Dame: Ich fühle mich nie einsam. Ich bin als Witwe oft allein. Ich spreche in Gedanken mit meinem verstorbenen Mann und er antwortet mir. Keine Sorge, ich bin nicht schizophren und habe auch keine Halluzinationen. Ich sitze nur vor seinem Bild und stelle mir vor, was er mir wohl raten würde, wäre er noch am Leben.

Ich bekomme seine Antwort, weil wir 30 Jahre verheiratet waren und ich ihn so gut kenne.

Außerhalb der Wohnung hilft mir der Glaube an einen Gott, einen persönlichen Gott, der mich kennt, zu dem ich schon zu Lebzeiten meines Mannes ein Vertrauensverhältnis hatte.

Der Philosoph: Sich in dem wärmenden Schutz einer höheren Macht geborgen zu fühlen – das ist wohl der sehnliche Wunsch der meisten Menschen.

Die Kirche kanalisiert diesen Wunsch und indem sie ihn erfüllt, stiftet sie eine Gemeinschaft von Gläubigen. So kann ein Gefühl, allein zu sein, nicht aufkommen.

Der Schriftsteller: Ich beneide alle Menschen, die zu einem Glauben gefunden haben. Ich leide unter dem Gedanken an das Nichts. Genauer: der Gedanke quält mich, dass jeder Glaube an ein Weiterleben nach dem Tode nur eine Illusion ist: instinktiv gewollt, um den Gedanken an das Nichts besser aushalten zu können. Nein besser: Es erscheint mir wie eine Flucht vor der Möglichkeit, sich diesem Gedanken hingeben zu können.

Eine junge Frau: Ich glaube nicht an einen einzigen Gott, aber an viele Engel. Ja, an viele Schutzengel. Man darf sie sich nur nicht als leibliche Mädchengestalten mit Flügeln vorstellen.

Ich glaube an einen geistigen Engel, der in meinem Leben alles sinnvoll zusammenfügt. Ja, ich glaube daran. Woher ich den Glauben habe, wie ich zu ihm gekommen bin, das weiß ich nicht. Aber er ist einfach da. Ich habe eine innere Gewissheit, dass mich ein Wesen, das ich nie gesehen habe, beschützt.

Der Student: Ein schöner Aberglaube.

Nein, widerspricht die junge Frau, Sie irren. Jeder Glaube auf der Welt ist entweder ein echter Glaube oder ein Aberglaube. Es gibt keine Trennung zwischen beiden, oder wir sind entsetzlich intolerant. Ich will meinen Engel nicht verletzen, indem ich ihn abwerte, weil ich eben weiß, dass es ihn gibt und er um mich besorgt ist.

Der Student: Er würde Sie also nicht beschützen, wenn Sie seine Existenz leugneten?

Die junge Frau: Doch, auch das weiß ich. Aus Liebe zu mir, aus einem tieferen Wissen um mein bedürftiges schwaches Wesen.

Peter König

Ich konnte nie ein lauter Rebell sein. Es gab für mich nichts, gegen das man hätte rebellieren können. Da ich als Kind alle Höllen des Krieges durchlitten und in den 50ern die Vorteile der Restauration genossen hatte, musste ich in den 68ern nur Clowns sehen, merkwürdige spätpubertierende Gesellen. Fassungslos sah ich ihr absurdes Treiben. Vielleicht muss der Mensch einen Leidensdruck spüren, um in eine existenzielle Wut zu geraten. Wen konnte das Schicksal Vietnams kümmern, der als Kind Bombennächte erlitten und unter Trümmern selbst verschüttet gelegen hatte. Der als Zehnjähriger jeden Tag Tote auf den Straßen hatte liegen sehen. Es hatte nach 1945 nie eine Zeit gegeben, diese Traumata zu verarbeiten. Ich konnte keine Wut gegen eine Republik empfinden, die mir nach dem schrecklichen Krieg den Frieden gesichert hatte. Ja, selbst die Enge eines kleinbürgerlichen Elternhauses hatte mir Schutz, Geborgenheit gegeben.

Und doch kenne ich Wut. Sie richtet sich nicht gegen Details gesellschaftlicher Mißstände, sondern gegen die gesamte Schöpfung. In dieser Hinsicht bin ich ein stiller Rebell aufgrund der schlimmen Erfahrungen, die ich als Zehnjähriger machen musste.

Ich lehne die Schöpfung als solche ab, weil sie mir absurd erscheint und weil ich keine Möglichkeit sehe, in ihr einen Sinn zu erkennen.

Ich fühle mich wie ein Selbstmörder, den man zu neuem Leben erweckte, indem man ihn im letzten Augenblick rettete. Meine Seele ist immer noch unruhig und abenteuersüchtig. Sie hat mich ewig zur Unvernunft verführt. Ich will als Maler noch etwas leisten und auf Anerkennung von Fachleuten hoffen.

Um meinen Sohn muss ich einen Bogen machen. Er will nichts mehr von mir wissen. Es ist schade. Aber es musste wohl so kommen. Er kann mir nicht verzeihen.

Mein Selbstbewusstsein ist nur schwach ausgeprägt. Würde ein Kritiker meine Bilder, die ich noch zu malen gedenke, verreißen, würde ich den Mut verlieren und an mir unsicher werden.

Mein eigentliches Thema ist das Pandämonium der Welt, in das eben kein System, kein Sinn, keine Ordnung zu bringen ist. Mein großes Vorbild ist der Maler Max Beckmann.

Wenn ich an die Kellnerin Irmgard denke ... was war sie doch für ein liebenswertes Geschöpf. Ach, die Irmgard-Abende. Oft stimmte sie mit Gästen ein Lied an, während ich in einer stillen Ecke saß und dem Treiben belustigt zusah. Ihre burschikose Art gefiel mir nicht immer. Es war die Zeit, da der Wirt noch von Tisch zu Tisch ging und die Gäste begrüßte.

Die Falle, endgültig zum Senior zu werden, schnappt zu, wenn ich jetzt nicht aufpasse. Länger lässt sich das Wohlleben nicht hinauszögern. Ich bekomme Angst, wenn ich daran denke, dass ich diesen Gedanken schon vor zehn Jahren hatte. Alles, was nicht mit Malerei oder Tennisspiel zu tun hat, das hasse ich.

Der Alkohol ist mein Ruin, weil ich nicht maßhalten kann. Die Kontrolle über mein Trinken ist mir schon lange verloren gegangen. Wollte ich nicht schon in der letzten Woche mein letztes Glas hier trinken? Und jetzt sitze ich schon wieder vor meinem „letzten" Glas.

Stimmengewirr durchzieht die Räume.

Zwei rundliche Frauen in bunten Anoraks kommen herein. Sie kreischen. Eine von ihnen stößt ein vulgäres Lachen aus. Der Kellner bietet ihnen einen Tisch an.

Eine Frau zieht den Kopf nach vorn, flüstert. Die andere wiegt den Kopf hin und her, lächelt dabei und zündet sich eine Zigarette an. Blonde strähnige Haare fallen ihr auf die Schulter.

Das Leben besteht aus Aufbruchstimmungen, sagt die eine, sie dürfen nie zu Ende gehen. Ich befand mich vor zwei Jahren in einer Talsenke, aber jetzt erklimme ich wieder einen Gipfel. Es ist ein mühsamer Aufstieg, sage ich dir. Aber es muss gelingen.

Hast du schon gehört? Schrecklich. Zwei 15Jährige aus unserer Nachbarschaft stahlen Autoschlüssel, machten eine Spritztour und landeten im Graben. Sie waren beide angeschnallt, aber tot, als sie am Morgen gefunden wurden.

Eine pensionierte Lehrerin umklammert ihren Kopf mit beiden Händen. Wie oft war sie verärgert mittags in ihr leeres Zuhause gekommen. Wie frech ihr die Schüler wieder geantwortet hatten.

Ein Witwer: Als sie mit mir einen Hut kaufen ging, da war der Bann gebrochen. Ich wurde wieder von einer Frau umsorgt.

Ein anderer: Nachdem sie von mir weggegangen war, erfasste mich eine Unruhe. Ich sah um mich, aber wo ich auch hinsah: es schien sich alles von mir zu entfernen.

Meine erste Frau spürte meine Abhängigkeit, sagt sein Gegenüber. Das reizte sie zur Bosheit und Aggressivität. Das hat auch unsere Ehe kaputtgemacht. Es leuchtete mir ein, was schon so mancher behauptet hatte: dass Liebe, oder besser schweres Verliebtsein eine schlimme Krankheit sein kann.

Es waren harte bittere Lehrstunden für mich, fährt der Mann fort. Ich wurde gequält und schlug um mich. Ein böser Charakter, der einen verliebten Mann für seine Gefühle bestraft, indem er ihn demütigt.

Sein Nachbar: Die richtige Frau findet ein Mann nur mit Verstand und Sympathie natürlich. Liebe muss reifen, das habe ich erfahren im Laufe der Zeit. Nur ein klarer Blick kann den Charakter eines Menschen erfassen.

Sein Vorredner scheint nicht zuzuhören. Die Affäre war heilsam für mein späteres Leben, flüstert er. Die Frau wollte über mein Verliebtsein triumphieren. Vielleicht konnte sie mich nicht wiederlieben, als sie merkte, wie verliebt ich war. Meine emotionale Abhängigkeit trieb sie in die Bosheit. Schließlich gab ich ihr Ohrfeigen, schlug sie aus Ohnmacht, ließ sie einmal nachts das Auto verlassen, als mir ihre Launen unerträglich wurden. Sie war verblüfft. Sie hatte es nicht erwartet. Aber es war das Ende unserer Ehe. Trotzdem, ich war gerettet. Ich sah sie lange Zeit nicht wieder.

Du, vielleicht war sie nicht böse. Wer ist denn schon nur böse? Ich denke, sie war psychisch krank.

Vielleicht auch schizophren. Denn in der ersten Zeit unserer Bekanntschaft konnte sie sehr charmant und zärtlich sein. Auch noch im ersten Jahr unserer Ehe.

Dann wurde sie immer launischer, anstrengender. Sie war auch sehr impulsiv. Dann gab es Stunden, in denen sie beleidigend grob war und ständig provozieren wollte. Wie oft gingen wir abends im Streit auseinander und ich musste im Nebenraum schlafen.

Oft war sie auch voller Hingabe, dann wieder verletzend und herrschsüchtig und fiel von einem Extrem in das andere.

Du, so komisch das heute klingt, fast muss ich der Frau dankbar sein für die Erfahrung, die ich mit ihr machen durfte. Zum Schluss habe ich sie geliebt und gehasst zugleich. Nach diesem Abenteuer hasste ich auch Gefühle, die mich einer Frau gegenüber wehrlos machen. Ich versuchte sie zu vermeiden.

Bei dieser Frau ließ ich mir Tritte gefallen, ertrug Launen und Provokation, gab fast immer zuerst nach und schlug irgendwann auf meine Weise, aus Notwehr würde ich sagen, zurück. Es schien, als habe sie eine derartige Reaktion von mir erwartet. Es war eine schmerzliche Lehrzeit, meine erste Ehe.

Ihr Gefühl für mich nahm in dem Maße ab wie das meine für sie wuchs. Als sie meine Abhängigkeit spürte, wollte sie mich zu ihrem Sklaven machen, indem sie mich demütigte.

Der Nachbar: Jede Frau verhält sich anders.

Ich hätte mir niemals so viel gefallen lassen sollen. Das lässt sich heute leicht sagen.

Natürlich konnte ich es auch später nicht vermeiden, dass ich mich verliebte. Aber ich war vorsichtig geworden. Es gelang mir, den Verstand trotz meiner Empfindungen nicht ganz auszuschalten. Und es hat sich gelohnt. Heute bin ich wieder glücklich verheiratet.

Hans, ich bin in einer unglücklichen Situation. So verzweifelt habe ich mich noch nie gefühlt. Das Nervenzittern, die Ängste haben ein größeres Ausmaß angenommen als in den Jahren zuvor. Die tödliche Bedrohung habe ich noch nie so stark gespürt. Vor allem die in Panik versetzende Bedrohung, sich vom Rauchen nie mehr losreißen zu können, zum ewigen Sklaven seines Lasters zu werden.

Seit Jahren lese ich in meinen Notizen, dass ich mit dem Rauchen endgültig aufhören muss. Der Arzt hat mir seit Jahren schon dringend dazu geraten. Eine Woche habe ich im Januar geschafft. Eine harte Woche mit viel Kaffee, Kuchen und Schokolade. Dann war wieder Schluss. Im Mai ein neuer Versuch. Drei Tage, Schluss. Und jetzt haben wir Oktober. Der Arzt sagt, wenn ich so weitermache, habe ich nur noch ein paar Jahre zu leben.

Einmal konnte ich 14 Tage lang auf drei Zigaretten reduzieren, aber dann war ich schon wieder bei 20. Wie kann ich mich für immer rausreißen? Ein kleiner Ärger, eine miese Stimmung, eine Streßsituation und ich stecke mir mechanisch wieder eine an.

Ich sehe meine Gefahr klar vor mir. Jetzt muss der Absprung für immer gelingen.

Der Arzt hat mich gründlich über meinen Zustand aufgeklärt. „Ihre Lunge sieht nicht gut aus. Eine Karenzzeit von einer Woche bringt bei Ihnen gar nichts mehr."

Einen endgültigen Abschied vom Rauchen kann ich also wohl nur mit professioneller Hilfe schaffen. Wenn ich schon den Rest meines Lebens auf das Rauchen verzichten muss, dann will ich wenigstens noch ... Ja, was will ich? Was bleibt? Während der Abstinenz habe ich acht Tassen Kaffee getrunken, sechs Kuchen gegessen, täglich, und vier Bockwürste und Schokolade in mich hineingestopft, um nicht an die Zigarette denken zu müssen. Ist das ein Leben, Hans?

Ein älterer Herr: Junge Mädchen erinnern mich durch ihre Gegenwart, dass man leben darf, dass man ein Recht hat auf ein bisschen Glücklichsein. Die Mädchen entfernen sich wieder, so ist das. Sie sind zu sehr auf kräftige Männer fixiert. Die Mädchen kommen nicht aus einer anderen Welt.

Die Mädchen sagen: Schrecklich, ihr armen Männer müsst euch immer gegenseitig totschießen. Warum? Wir können es nicht verhindern, aber wir können eure Schmerzen lindern. Wir legen Verwundeten einen Kopfverband an und messen seine Fiebertemperatur. Wir lächeln und locken ins Leben, mehr können wir nicht tun. Wir wollen Männer lieben und Kinder gebären. Wir wollen nicht, sagen sie, dass Männer sich gegenseitig umbringen. Aber wir können nichts tun, wir müssen hilflos zusehen und hoffen.

Hin und wieder demonstrieren wir gegen den Krieg. Dann gehen wir zurück zu unseren Kindern, wenn sie noch leben.

Frauen jubeln den siegreichen Helden zu. Das ist immer so gewesen. Die Augen der Frauen blitzen vor Hingabebereitschaft.

Mädchen, rief einer im Lazarett, bleib hier, bleib bei mir, lauf nicht weg. Ich sehne mich nach Leben und Glück. Ich habe Angst allein zu sein.

Mädchen in einer Ecke. Eine erzählt.

Du, das war so was von ätzend. Ich mag die Leute da immer weniger. Ich habe Schlafdefizit, immer gefeiert, Ringe unter den Augen. Am nächsten Tag immer zur Arbeit. Ich denke an Geburtstage. Aber wenn jemand hat, an dem Tag vergesse ich ihn. Ich krieg eine SMS: Mein Bruder kommt. Du, der ist so witzig, ich lag auf dem Boden vor Lachen.

Der Schriftsteller guckt enttäuscht. Eine Absage. Meine Euphorie ist verflogen. Trotzdem glaube ich, dass mich ein Schutzgeist leitet und mir noch einmal Erfolg beschert wie beim ersten Buch.

Die Kritik dieser Frau, einige Passagen seien zu behäbig ... Vielleicht hat sie Recht, was die Verkaufschancen angeht. Vielleicht sollte ich mehr raffen, nicht in die epische Breite gehen. Mit „behäbig" meint sie sicher, dass der Anteil an Reflexionen zu groß ist. Sind die Dialoge vielleicht auch zu lang geraten? Ich muss geraffter und spröder schreiben.

Die Kritik ist sicher auch heilsam, auch wenn sie meine Eitelkeit kränkt. Ach, diese dumme Lektorin. Aber geholfen hat sie mir schon, indirekt wenigstens. Die Banalität dieser Frau bleibt. Präpotent und anmaßend, ja, das sind die passenden Worte.

Aber die Illusion, man warte auf mich, man würde über mein zweites Werk staunen, über das, was ich zustande gebracht habe, hat sich nach der Absage verflüchtigt. Diese Illusion beruhte wohl auf einer wenig intellektuellen Naivität. In Zukunft muss ich eine schmucklose Prosa schreiben.

Er sitzt allein, ist 45 Jahre alt und hat ein noch fast junges Gesicht. Er schüttelt belustigt den Kopf.

Geschlossene Gesellschaft! Nur für jüngere Semester, Ältere sind heute nicht erwünscht.

Aber gab es denn keine verschwiegene Pforte, eine Hintertür, durch die man, vom Wärter unbemerkt, hätte hineinschleichen können? Denn wenn man es schaffte unbemerkt hineinzukommen, dann konnte man im Gewühl der jugendlichen Leiber untertauchen.

Und erneut hämmert es in seinem Bewusstsein: Du bist älter geworden, deine Jugend ist endgültig zu Ende gegangen. Es gibt junge Mädchen, ja vielleicht alle, die du nicht mehr erreichen kannst, nicht mehr gewinnen kannst. Früher – plötzlich dieses Wort – wurdest du von ihnen begehrt, geliebt, bewundert, umschwärmt. Vorbei. Du findest dich auf einem anderen Ufer wieder. Zwischen den jungen Menschen und dir tut sich eine Kluft auf.

Das junge Mädchen damals. Wie alt war sie? 17, vielleicht 18. Ein Flirt zwischen dir und ihr. Eine Chance, eine Hoffnung, eine schon fast nicht mehr erwartete. Sie lächelte, sie schien verliebt in dich. Ein Ereignis, das vor 15 oder auch 10 Jahren noch Alltag war. Und jetzt? Etwas geschah, womit du schon nicht mehr gerechnet hattest. Die Hoffnung auf etwas fast schon Verbotenes keimte in dir. Ein unerwartetes Geschenk wurde dir geboten. Und dann das Ende.

Vor deinen Augen wurde dir das Tor verschlossen, das Glück verschwand. Die Eltern erschienen. Streng erschienen sie dir. Ein kurzer, misstrauischer Blick, den sie dir zuwarfen.

Wo bleibst du denn? Wir haben auf dich gewartet!

Ich merkte erwachend, dass wir beide die Zeit vergessen hatten. Ihr charmantes Lächeln, das dich ermuntert hatte, ihre Hand zu berühren, ihren Arm. Schließlich überließ sie dir ihre Hand. Ihre Augen. Und dann dieses plötzliche Ende.

Ihr liebevoller Blick wich einem dunklen Ernst, einem flüchtigen Schrecken, der dem Vorwurf entstammte. Aufgrund der strengen harten Worte der Eltern wagte die Tochter dir zum Abschied nicht einen Blick zuzuwerfen. Ihr Gesichtsausdruck deutete an: Ich hatte mich vergessen, etwas Verbotenes getan.

Sie verschwand mit ihren Eltern, ohne sich noch einmal nach dir umzusehen.

Würde sie jemals wiederkehren, diese Chance? Dir wurde plötzlich klar: Dieser Augenblick kehrt nie wieder. Das Geschenk – schon nicht mehr erwartet, doch heimlich erhofft – abrupt entrissen. Die Trauer über den schnellen Verlust war groß, machte dir eine lange Zeit zu schaffen. Du wusstest: Es war mehr als dieser eine Verlust. Es war der Verlust einer Phase deines Lebens. Es war der Verlust deiner Jugend.

Während des ganzen Abends, den du allein und traurig verbrachtest, stelltest du dir ihre Augen vor, sahst sie auf dich gerichtet.

Eine angenehme Atmosphäre. Flüsternde Stimmen, wenige Gäste, Kellner, die mit zarten Worten Bestellungen aufnehmen und auf leisen Sohlen durch die Halle schleichen. Eine typische Nachmittagsstimmung.

Der Schriftsteller flüstert seinem Nachbarn zu: Dort sitzt doch ein Nachrichtensprecher, ein Prominenter. Der Autor lächelt ironisch. Was mag der Mann denken?

Bin ich nicht ein Großer? Alle hören meine intelligenten Worte. Ich präge jeden Abend die öffentliche Meinung und berichte, was in der Welt passiert ist.

Wer würde nicht an seiner Stelle stolz und überheblich werden? Das ist doch menschlich. Neid? Nein. Aber ich darf mir nichts vormachen, mich nicht belügen. Als ein soziales Wesen, das ich auch bin, brauche ich wie andere die Anerkennung, die Beachtung.

Junge Menschen unter sich.

Ein junger Mann: Ein Gefühl wie Liebe hat mich immer verwirrt, verzweifeln lassen.

Eine junge Frau: Mich hat die Liebe immer emporgehoben.

Der junge Mann: Mich oft gedemütigt und so sehr verletzt, dass ich am liebsten zu leben aufgehört hätte.

Die junge Frau: Aber ohne Liebe ist das Leben doch leer, ohne Erfüllung. Das Leben muss strukturiert werden durch Reisen, Liebe, Tanz, Ehe. Nur keine Gleichförmigkeit. Das ist meine Meinung.

Der junge Mann: Ja, Recht hast du. Das Leben braucht Kontinuität und Wechsel, beides. Ohne Kontinuität zerrinnt es, ohne Konturen zu hinterlassen. Aber ohne Wechsel erstickt es aufgrund fehlender Kreativität im Mief des Alltags.

Er sitzt wieder einmal allein an einem Tisch. Dann kommen die Frauen, eine nach der anderen. Schließlich hockt er eingezwängt zwischen mehreren alten Damen. Ein Mann kommt hinzu.

Rudolf, grüß dich. Willst du dich nicht zu uns setzen?

Rudolf bekommt einen Platz. Jetzt sitzt der Einzelgänger schon fast auf Rudolfs Schoß. Er spürt: er soll verdrängt werden. Es macht ihm Spaß auszuharren, nur um die anderen, die ihn zum Weggang drängen wollen, zu ärgern. Weder die alten Frauen noch Rudolf nehmen Notiz von ihm.

Es kommen noch andere hinzu. Alles drängt sich um den einen runden Tisch.

Gleich werde ich aufstehen, denkt er. Dann werden sie alle aufatmen.

Eine einzige Frau lächelt, scheint zu merken, was in ihm vorgeht. Aber sie sagt nichts. Doch dann prostet sie ihm zu, als schiene sie Mitleid mit ihm zu haben.

Als Kind hatte es ihn gefreut, abseits von den anderen Kindern, die sich meistens ihre Sachen gegenseitig wegnahmen, in einer Ecke zu sitzen und allein vor sich hin zu spielen.

Die Mutter hatte ihm, dem Einzelkind, ihrem Goldstück das Gefühl gegeben, etwas Besonderes zu sein.

Während die anderen sich gegenseitig schubsten und wegstießen, schrieen, hatte er sich vorgestellt, ein kleiner Prinz zu sein, mit dem die gewöhnlichen Kinder nicht spielen durften. Als er älter wurde, hatte er immer das Gefühl, dass sie sich über ihn lustig machten.

Peter König

Mein Wille, mich aus dem Sumpf zu ziehen, ist nicht rein. Ich befinde mich in einem Zwiespalt, der mir auch bewusst ist. Es ist ein destruktives Element, das sich dem reinen Lebenswillen widersetzt. Es lockt mit einer bitteren Süße des Sich-zerstören-Wollens.

Ja, dieses Element hält eine Süße bereit und verschafft mir dadurch ein perverses Lustgefühl. Ich komme nicht voran, weil sich dieser Trieb dem natürlichen Wunsch, sich zu erhalten, widersetzt.

Die Sucht hält mich fest, sie gibt keinen frei. Wie kann es mir gelingen, mich loszureißen? Ich weiß, dass ich den neuen Menschen nicht schaffe, weil ich ihn im Grunde ja gar nicht will.

Ich kann diese Welt, in der ich leben muss, nicht ohne Droge ertragen. Es ist, als könnte ich mit dem Alkohol die Welt und die Menschen, vor denen ich mich ekel, wie mit einem Schleier zudecken.

Mein großes Ziel: den Frühling und vielleicht den Sommer ohne Alkohol und Zigaretten durchzuziehen. Was für ein herrliches Leben stünde mir bevor. Wie würde sich das lohnen.

Zu seiner Nachbarin gewandt sagt er: Ich möchte noch etwas leisten. Dazu bedarf es einer langen Abstinenz. Über lange Zeiten den Teufel besiegen – das wäre der einzige begehbare Weg.

Dieselben Worte haben Sie im letzten Jahr gesagt.

Ich weiß, das ist ja das Schlimme. Seit Jahren das akute Problem mit den sich wiederholenden inneren Kämpfen. Ich brauche eine Arbeit, die mir Spaß macht. Wo finde ich sie?

Jedes Mal, wenn ich Alkohol trinke, reißt die Sucht mich mit sich fort, lässt mich alle guten Vorsätze vergessen. Ja, ich vergesse jedes

Maßhalten. Dabei wollte ich schon seit langer Zeit mit dem Malen wieder beginnen. Aber jetzt muss ich lange pausieren. Am Ende winkt der Lohn.

Und dann geht alles von vorne los, sagt die Frau, wie jedes Mal. Sie bewegen sich im Kreis. Hören Sie doch ganz auf mit dem Suff. Sie werden, wenn Sie so weitermachen, immer schwächer und hilfloser. Ich weiß wovon ich spreche. Ich habe es selbst mit meinem Mann erlebt.

Ganz ohne? Für immer? Wissen Sie, ich mag nicht daran denken. Es ist, als würde ich meinen besten Freund verlieren. Meine Droge Alkohol, die mir seit Jahren hilft, den Frust des Lebens zu ertragen, muss ich durch die Droge Arbeit ersetzen, wenn ich überleben will. Aber das ist sehr schwer.

Soll ich Ihnen die Wahrheit sagen, liebe Frau? Ich will mich manchmal gar nicht aus dem Sumpf ziehen. Ich stehe meinen Vorsätzen zumindest sehr zwiespältig gegenüber. Warum? Ich spüre ein destruktives Element in mir, das sich gegen mich selbst richtet und mich hinabziehen möchte. Sie kennen das nicht. Nein, natürlich nicht. Aber wie kann man in unserer Zeit ohne eine Droge auskommen?

Vor allem ist es dieser innere Zwiespalt, diese Unlust, gesund zu sein. Die Lust am Verfall, am Untergang. Ich habe dafür keine Erklärung. Denn diese Lust kontrastiert zu meinem leidenschaftlichen Willen, das Leben zu genießen.

König beugt seinen Kopf nach vorn, sagt leise zu der Frau: Ich habe hier alles so satt. Diese Weinstube, die ganze Stadt, die Menschen, ja, auch die Menschen, die hier immer um mich herumsitzen. Von Ihnen einmal abgesehen, lächelt er. Die Kellner kann ich schon lange nicht mehr sehen. Ich möchte kotzen. So weit musste es kommen.

Die Frau: Und jetzt geht's heim? Kommen Sie gut heim!

Ich will heim, ja, das möchte ich endlich, denkt König.

Eine Straßenbahn zittert draußen langsam vorbei wegen der Bauarbeiten, die auf der Promenade stattfinden.

Ein Pensionär: Meine erotische Beziehung zu dieser Stadt bleibt. Ich bin dankbar. In dieser Stadt spürte ich, dass das Tor zu einem neuen Leben für mich aufgestoßen wurde.

Hier verbrachten wir den ersten Abend, den Abend, an dem wir glücklich waren. Ich hatte meine spätere Frau abgeholt, sie war so lieb zu mir, gab mir wie keine andere zuvor Geborgenheit. Mit ihr fuhr ich in den Urlaub, in eine glückliche Zukunft. Aber das wusste ich damals noch nicht. Das weiß ich heute. Damals, am ersten Tag, war es eine überschwängliche glückliche Gegenwart. Endlich lag ein Selbst hinter uns, das mit Sorgen belastet war. Zum ersten Mal erkannte ich, was das Wort Selbstvergessenheit bedeutet.

Heute bin ich dankbar, dass die glückliche unbeschwerte Gegenwart in eine glückliche Zukunft mündete. Deshalb kehre ich immer gern hierher zurück.

Ein zweiter Pensionär: Das hört sich ja alles gut an. Aber das Älterwerden mit dem sicheren Gefühl, an Vitalität, an Frische einzubüßen, das bereitet mir Verdruss.

Ich vermeide es, in den Spiegel zu sehen, sagt jemand. Im Aufzug befand sich einer, er schien mich zum Hineinschauen zu zwingen. Mein Haar lichtet sich, die Zähne haben gelbe Stellen, meine Augen sehen trübe und verquollen aus. Der Bauchansatz ist auch nicht zu übersehen.

Das Wilde in mir geht im Alter natürlich zurück, sagt ein Mann im mittleren Alter. Es brach sich nur noch selten Bahn bei nächtlichen Ausflügen. Aber es war immer das Bewusstsein von einem Zuhause, das sich bei allem Ausschweifen hinter mir auftat und Geborgenheit schenkte. Es gibt eine Frau, die auf mich wartet, wenn ich nach Mitternacht nach Hause komme. Es gab immer wieder neue Ausbruchsversuche. Ich argwöhnte, die Ehe sei eine Fessel, kein Höhepunkt, eher ein Ende des freien Lebens. Und dann die Erkenntnis: alle Gedanken führen in die falsche Richtung. Du wärest doch dumm, wenn du die Frau, die dich liebt, verlassen würdest. Du würdest ein Goldstück verlieren, wenn du dich von ihr trenntest.

Rudolf lebt für seinen Nachruf, sagt einer. Er stellt sich vor, wie die Leute den Nachruf über ihn andächtig in der Zeitung lesen würden. Er gefällt sich in der Vorstellung, dass er eines Tages tot sei und alle von ihm und seinem Wirken, seinen Verdiensten erfahren würden.

Eine junge Frau ruft: Heute schmeckt die Luft nach Sekt, nach Öffnung, nach Rausch und Zärtlichkeit.

Eine andere: Warum denke ich enttäuscht, fast erbost an meine Familienmitglieder. Mir wäre wohler, wenn ich stolz auf sie sein könnte und liebevoll an sie dächte. Es fehlt jede Harmonie in unserer Familie.

An Festtagen sind wir darauf bedacht, Streit zu vermeiden. Wir haben Misstrauen gegeneinander und sind froh, wenn ein Fest vorbei ist. Unserer alten, 90jährigen Mutter zuliebe bekennen wir uns zum Schein zueinander. Wir spielen ihr vor, uns gegenseitig zu mögen.

Ich hätte gelitten, wenn mein zweites Buch nie gedruckt worden wäre. Aber jetzt, da es öffentlich wird, was ich in einsamen Stunden geschrieben habe, fühle ich Stolz. Und doch überkommt mich in dem Augenblick, da der Verlag entschieden hat mich zu drucken, eine Art Gleichgültigkeit, die wohl ihren Ursprung in meinen depressiven Verstimmungen hat.

Dass mein Buch gedruckt wird, erscheint mir so banal vor einer globalen Kulisse, die überall zeigt, wie gehungert, gemordet, gequält wird.

Ich bekam heute morgen ein Schreiben: Demnächst wird Ihr neues Buch erscheinen.

Was für ein schöner Satz. Ich werde noch einmal Buchautor.

Nach einer Pause: Es gibt Eigenschaften, sagt der Autor leise, die wesensmäßig eine Distanz zu anderen Menschen schaffen, den geistig Begabten isolieren.

Wenn er selbst sich nicht absondert, dann wenden sich die anderen von ihm ab, weil sie instinktiv spüren: der ist anders als wir.

Er hat ein Zeichen, das man erkennt, auch wenn es äußerlich unsichtbar bleibt.

Der Einsame versucht zu fliehen, um aus seinem Isoliertsein herauszukommen. Wohin? In die unbedarfte Menge, die wärmt und schützt. Er wird sich zu verstellen, zu verleugnen versuchen, um so wenigstens im Umfeld einer großen Zahl keine Aufmerksamkeit auf sich zu lenken. Er mischt sich unter die Menge, wird unbemerkt einer von ihnen.

Ältere Witwen stürmen in die Gaststube. Sie drängen andere Leute beiseite. Eine nach der anderen kommt, will sich noch zwischen die schon Sitzenden schieben. Der Autor schreibt: Ich warte auf die Frage: Wann gehen Sie? Die Frage kommt nicht.

Eine ältere Dame lächelt. Sie scheint meine Gedanken zu erraten.

Ich sitze an einem runden Tisch mit älteren Frauen, die alle durcheinanderreden. Ich sitze inmitten dieser Personen und schreibe ohne ein Wort zu reden. Dunkelroter Pflaumenkuchen, auf dem so viele gelbe Wespen sitzen, den wollte ich nicht, sagt jetzt die Frau neben mir.

Was zeichnet den Erotiker aus? Die Gier nach Leben. Sie lässt ihn leiden.

Ich suchte immer den Rausch, von dem ich mir gesteigertes Leben versprach. Der Erotiker hat Angst, das Leben zu versäumen. Die

Lebensgier zwingt ihn, nach allen Genüssen Ausschau zu halten. Er entwickelt eine Art Hassliebe zur geistigen Welt. Er liebt das Leben und verachtet ein wenig das Geistige. Er kommt von seiner Vitalität nicht los und sehnt sich doch zugleich nach einer anderen Welt.

Eine ständige Unrast kennzeichnet diesen Menschen. Er hat keine Heimat, weder im vitalen Bereich noch im geistigen.

Manche mögen auf das Älterwerden hoffen, das ihnen die Vitalität entzieht und sie ruhiger macht, sie zwingt, sich ganz auf die Seite des Geistes zu schlagen.

Der Stachel des Todes, der dann näher rückt, erinnert sie an Vanitas, die Banalität des Nur-Vitalen, das so vergeht wie es durch den Zufall der Geburt gekommen ist.

Dieses Wissen, welches die Lust am Vitalen ironisiert, relativiert, wird vielleicht zum Impuls, sich ausschließlich kreativ zu betätigen.

Schon wieder der Pächter. Sein Vorgänger ging nur einmal am Abend durch die Räume, verbeugte sich tief, grüßte kurz und sprach mit den Gästen kaum ein Wort.

Vor der Eingangstür sitzen zwei Typen, sagt jemand zum Pächter. Sie sehen wie geprügelt aus, Dosenbier in der Hand, verquollenes Gesicht, Blutspuren an der Stirn, Hass in den Augen. Können Sie die bitte entfernen lassen? Sonst schmeckt mir das Essen hier nicht.

Das muss ich Ihnen erzählen, sagt der Student. Das war hier. Der „große" Mann setzte sich zu mir. Ich will jetzt seinen Namen nicht nennen. Mein Inneres spannte sich, mein Respekt vor ihm ließ mich eine Zeitlang verstummen. Schließlich hatte ich ihn als Hamlet und König Lear auf der Bühne bewundert.

Wir wechselten ein paar banale Floskeln über Wein und Wetter. Ich wollte ihm zeigen, dass ich an Höherem interessiert sei, wollte mich philosophisch geben.

Durch das Gespräch war ein wenig Vertrauen zu dem prominenten Mann in mir entstanden. Ein Hauch von Vertraulichkeit. Um ihm zu imponieren, in seinen Augen an Achtung zu gewinnen, sagte ich spontan, ich suchte nach dem Sinn des Lebens.

Es war eine ehrliche Frage. Zu der Zeit besaß ich keinen Glauben und suchte wirklich so etwas wie den Sinn des Lebens. Von diesem geistigen Mann erhoffte ich Weisheit. Schließlich war er gut 30 Jahre älter als ich.

Seine Antwort kam schnell. „Geh mit so vielen Frauen ins Bett wie du bekommen kannst."

Ich war ernüchtert, fast geschockt. Denn das, wozu er mir riet, das tat ich bereits seit meinem 20. Lebensjahr. Aber es füllte mein Leben nicht aus, machte Spaß, war aber mit der Zeit langweilig geworden. Und den Sinn des Lebens, oder wenigstens meines Lebens konnte ich darin schon gar nicht erkennen. Der „große" Mann erschien in einem völlig neuen Licht.

Mich bedrängte die Masse an eitlen und hohlen Menschen in Venedig, sagt ein Gast. Oder schienen sie mir nur so zu sein? Diese Masken, das aufdringliche vitale Gelächter, das Gewoge an bunten Kleidern.

Der Schriftsteller wird pathetisch. Es bricht aus ihm fast schwärmerisch hervor: Das unheimliche Gefühl, wenn sich der Canale Grande, lange von Palästen gesäumt, durch menschliche Schöpfung und Zivilisation gebändigt, plötzlich zur großen Lagune öffnet, sich zur Fläche eines Sees weitet, zu einer großen schwarzen Wasserfläche, die den sich eben noch auf dem Vaporetto behaglich und geborgen fühlenden Menschen mit Riesenarmen zu umschlingen scheint, so dass er in ihr zu versinken droht. Die Lichter bleiben zurück und ein schwarzes, in seiner Lautlosigkeit unheimliches Element ergreift die Macht.

Eine Frau erzählt: Es war eine schöne Trauung. Der Priester fragte und die Antworten kamen.

Gott hat euch zusammengeführt, sein Sohn ist immer bei euch in der größten Not. Vergesst nie die Kirche, die durch Jesus gestiftet wurde.

Dann lächelten einige der Anwesenden, sie wussten was kam:

Die Liebe ist ein Brot, das sich vermehrt, wenn man es verschenkt.

Zwei ältere Frauen sitzen in einer Ecke. Am Gärtnerplatz ist Weinfest, sagt die eine. Geh mir do hin? Die andere: No, i bleib daheim. Die erste: Wir müsse darüber noch spreche. Wo soll mer denn sonscht hin?

Wir hatten ein trauriges Erlebnis mit einer Möwe, die sich in einem Fischköder verfangen hatte, erzählt jemand. Ja, das war im Urlaub. Ihr Fluchtversuch trotz der Qual, die unbarmherzigen Knüppelschläge des Fischers, um sie zu erlösen.

Das arme Tier, sagte meine Frau in ihrer warmherzigen Art. Es erschüttert, wenn man erlebt, wie das Leben, das doch so nur einmal vorkommt, in die Nacht des Todes befördert wird.

Das Tier ahnte den Tod, als der Fischer kam. Versuchte noch einmal, sich zu befreien, vergeblich. Es wurde an Land gezogen und erhielt den Gnadentod. Ich höre noch das Niedersausen des Knüppels.

Der Arbeitslose: Nach vier Jahren dumpfen Dahinlebens brauche ich keinem mehr Rechenschaft zu geben. Keiner braucht mehr über mich befinden, mich beurteilen. Ist das nicht herrlich! Grenzenloses und bitteres Gefühl zugleich. Eine Freiheit, mit der ich nichts anfangen kann. Aber der Mensch braucht eine Grenze, die ihm durch eine Aufgabe gesetzt ist. Keiner kann mir etwas sagen, keiner kontrolliert mich. Aber keiner kümmert sich auch um mich.

Der Philosoph: Ich will die Wahrheit nicht, ich ahne, dass sie schrecklich ist. Ich fliehe vor ihr, ich habe Angst vor ihr, ja, Angst. Ich möchte nicht hinter den Schein blicken. Ich fürchte, der Fratze des Nichts zu begegnen. Die Rettung kann nur gelingen, wenn man sich mit Illusionen umgibt.

Die Philosophen irren. Die Menschen wollen die Wahrheit nicht. Die Menschen verstecken sich hinter einem angenehmen äußeren Schein. So verlangt es das Leben.

Ein Gast: Der Traum von einer Karriere. Die willst du auch einmal schaffen. Nach ersten Versuchen die persönlichen Niederlagen. Das engt ein. Frust kommt auf. Du ahnst: du kannst mit deinem Leben nicht alles anfangen. Die Möglichkeiten schrumpfen, je älter man wird. Man hat sich für etwas entschieden, kann aus den verschiedenen Gründen nicht wechseln. Man hätte vieles ausprobieren mögen, damals. Jetzt ist es zu spät. Am Ende kanalisiert sich jedes Wunschdenken in eine einzige Fahrrinne.

Der Philosoph: Es gibt eine Art von Zynismus, der grenzenlos ist, aus verzweifelter Enttäuschung geboren. Dieser Zynismus macht alles lächerlich, diffamiert, was von anderen gut gemeint ist. Ein hämisches Lächeln über den naiven Glauben, der doch immer im Recht ist.

Man hat ein Recht zu träumen, indem man die Realität auf Zeit suspendiert, durch sentimentale Hingabe an eine Scheinwelt sich seelisch zu regenerieren versucht.

Alle Utopisten träumen. Sie stoßen sich an der brutalen Realität, haben revolutionäre Träume von einer heilen Welt, durch die kein Riss geht. Diese stellen sie sich in ihrer Phantasie enthusiastisch vor.

Es ist ein Irrtum anzunehmen, dass ein extrovertiertes Individuum mit revolutionärer Gesinnung sich nach Fehlschlägen in der

Welt in sein Inneres zurückzieht. Das erschiene diesem Menschen wie eine Kapitulation. Es würde seinem politischen Selbstverständnis widersprechen.

Eine Frau schwärmt: Man atmet heute den Duft von Flieder und Maiglöckchen. Man sitzt abends lange draußen. Helle Nächte, die Fernweh und Lust auf gesteigertes Leben wecken. Der Triumph des Frühlings wird gefeiert. Ein Tag, der sich dem Leben öffnet und es nicht abschnürt. Durch Hitze zum Beispiel, die quält, die einengt. Wer diesen Tag versäumt, versäumt auch das Leben von seiner bejahenden Weise.

Der Einzelgänger: Ich mag diese himmlischen Worte nicht. Ich kenne diese Frau schon. Meine Antwort ist: Zieh dich in dich selbst zurück, draußen in der Welt wirst du nicht mehr froh. Meide die meisten anderen, auch um den Preis, dich zu isolieren. Meide Menschen, die dich in deiner Entwicklung stören, hemmen, weil sie mit dir keine innere Verwandtschaft haben.

Sie hemmen dich, weil sie zu fordernd, zu bestimmend oder zu banal und kränkend sind. Sie könnten dich hindern bei dem Versuch, dein Selbst zu finden.

Ich habe ein kleines Vermögen geerbt, das mir meine Eltern hinterlassen haben. Ich schließe mich in mein Zimmer ein, gehe hin und wieder in dieses Lokal zum Essen und Trinken. In der Abgeschiedenheit meiner Wohnung bin ich zufrieden und bei mir selbst.

Der Alkoholiker: Ich trinke aus schlechter Gewohnheit jeden Morgen Wein. Er macht mich schläfrig. Die Welt erscheint in fahlem Licht. Ich war eben nie ein fröhlicher Zecher.

Wie sind Sie denn in diesen Zustand geraten? will jemand wissen.

Nach jedem Stress und Ärger trank ich ein paar Gläser. Ich war noch ganz jung damals, es war das erste Mal. Es waren ein paar

Gläser mehr als üblich. Ich verließ das Lokal, fühlte mich leicht und schwebte durch die Straßen. Stress und Ärger hatten sich verflüchtigt. Alles Quälende schien von mir abgefallen. Diese Erfahrung hatte ich noch nie gemacht. Einmal war mir als Student vom vielen Trinken übel geworden. Ich hatte deshalb jahrelang keinen Alkohol getrunken, glaubte, ihn nicht vertragen zu können. Und nun dieser herrliche Zustand.

Diese innere Leichtigkeit hatte ich, wie gesagt, noch nie erfahren. Der Alkohol wurde mein Freund. Er war eine Erfahrung, die ich allein machte. Ich wollte sie immer wiederholen. Mein Freund wurde zum selbstverständlichen Begleiter, stand mir zur Seite, wenn es darum ging, einen Ärger, ein Problem mit der Leichtigkeit des Daseins zu meistern. Ich war mir sicher: der Alkohol in Form von Bier, Schnaps oder Wein war dein zuverlässiger Helfer in der Not.

Liebeskummer, Alleinsein, Beleidigungen, jede Art von einem Sich-gekränkt-Fühlen, Enttäuschung, alle Unannehmlichkeiten des Lebens ließen sich mit Hilfe dieses Freundes besser ertragen.

Schließlich war es der Alltag selbst, wenn er denn mal grau, düster und langweilig schien, der mit Freund Alkohol beiseite geschoben werden konnte, um freundlicheren, heiteren Stimmungen Platz zu machen.

Der Rausch, den er schenkte, wurde zu einem begehrten Normalzustand, mit dem ich mich abends belohnte. So wurde ich zum Gewohnheitstrinker.

Alkohol und Tabletten haben mich zu einem Wrack gemacht, den Kopf mit Depressionen gefüllt. Ich möchte noch einmal fröhlich sein, die Leichtigkeit des Lebens erfahren. Aber das ist wohl für immer vorbei.

Meine Belastbarkeit hat ein derartiges Tief erreicht, dass ich fast Angst habe, mich ans Steuer zu setzen, um eine kleine Fahrt zu unternehmen.

Aus einem Nebenraum schrieen sie: Happy birthday to you! Billy ist gemeint.

Billy ist Kalifornier. Er hat seine roten Haare in die Stirn gekämmt. Sein rosiges fröhliches Gesicht wird von zwei Merkmalen beherrscht: einer Hornbrille und einer kräftigen oberen Zahnreihe, die beim Lachen zum Vorschein kommt.

Yes, sagt die Kellnerin, welche den Amerikaner bewirtet. Billy scheint sich zu freuen über die heile Welt, die ihn in diesem Lokal umgibt. Angesprochen auf das Gemetzel in der Welt würde er wahrscheinlich „terrible" sagen und sein gutmütiges Gesicht für einen Augenblick in Falten legen. Seine Fröhlichkeit würde sich für einen Augenblick hinter einer aufgesetzten ernsten Miene verstecken. Im nächsten Augenblick jedoch würde seine rosige Unbedarftheit wieder voll zum Ausdruck kommen. Kurze Betriebsunfälle können an der an sich guten heilen Welt nichts ändern, prinzipiell nichts. Billy strömt diesen Glauben auf seine Umgebung aus.

Im Detail könne sich der Teufel bisweilen durchsetzen, er würde aber nie siegen.

Billy hat helle Augen, lächelt gutmeinend und strahlt nach allen Seiten Zuversicht aus.

„It's funny" ist seine Lieblingsbemerkung. Die Welt ist eben funny.

Von weitem ähnelt sein Gesicht dem eines Mopses, dem man den Kopf rot gefärbt hat.

Eine Woche später. König befindet sich auf dem Weg in sein Weinlokal.

Die engen Straßenschluchten halten die Hitze des gestrigen Tages gefangen. Die Stadt gibt ein Gefühl endlosen Verlassenseins. Kein Lufthauch. Jede Flucht scheint ausgeschlossen.

Es ist eigentlich noch zu früh, denkt er, um sich mit Wein zu betäuben. Aber dieser Tag ist anders als alle vorangegangenen.

Betroffen sitzt er vor seinem Weinglas. Dieser Schock heute morgen beim EKG. Nach Jahren wieder einmal zum Arzt. Das Treppensteigen hatte ihm Mühe bereitet. Zum ersten Mal in seinem Leben. Er hatte Pausen einlegen müssen. Der Kardiologe hatte eine ernste Miene gemacht. „Ihre Herzklappe ist nicht in Ordnung, Sie brauchen eine neue. Ich halte eine Operation für richtig. Sie spielen Tennis? Ich rate Ihnen, bevor Ihr Herz nicht wieder ganz in Ordnung ist, keinen Sport mehr zu treiben, der Ihren Ehrgeiz herausfordert."

Ich werde mich keiner Operation unterziehen, entscheidet Peter König nach dem zweiten Glas.

Du hältst mich sicher für einen bösen Menschen, wenn ich dir folgendes gestehe, sagt jemand zu seinem Freund. Ich genoss es, wenn das Mädchen beim Abschied traurig war. Ein Gefühl, dass Glück vergänglich ist, bereitete mir ein Lustgefühl. Die Lust, dass eine Zeit vorbei ist und in meinem Leben eine neue beginnen würde. Die zarte Erwartung des Mädchens, die glückliche Zeit in die Zukunft zu retten, sollte zunichte werden. In mir lebte ein böser Dämon, der kein Glücksgefühl will, es verneint, es in dem Augenblick zerstören möchte, wenn es am stärksten ist.

Der Philosoph über die Liebe: Die Liebe ist ein Phänomen, das wie ein Wunder den Alltag übersteigt. Sie ist wie eine von der Natur geschaffene Droge, die den Menschen schweben lässt. Man hat keine Macht über die Liebe. Sie kommt, ungerufen vielleicht, vielleicht erhofft. Sie schenkt den Glauben an eine höhere Welt. Sie schenkt dem Leben einen Inhalt, sie ist unbedingt. Sie ist wie der Tod, nur mächtiger. Sie kann den Tod nicht physisch, aber seelisch besiegen.

Der Tod verliert seine Kälte, den Ruf eines Unerbittlichen, wenn die Liebe an Kraft gewinnt.

Der Tod siegt über den Alltag, er herrscht mit der Trauer der Vergänglichkeit. Die Liebe kann sich, wenn sie ihrer selbst sicher ist, dem Ernst des Todes widersetzen, ihn überwinden, indem sie ihn überdauert.

Noch im physischen leiblichen Tod triumphiert die Liebe. Doch das gelingt ihr nur, wenn sie „rein" bleibt. Ehrlichkeit macht sie stark. Sie darf sich nicht durch den ehelichen Alltag, durch selbstische Sexpraktiken ins Banale, ja Trübe hinabziehen lassen, wenn sie ihre seelische Leuchtkraft, ihre sublime Innigkeit behalten soll.

Die Sehnsucht nach dem geliebten Menschen ist ihre Substanz. Alltag und oft unvermeidliche Sorgen, die sexuelle Verfügbarkeit des Partners können zu einer Gefahr für sie werden. Wahre Liebe übersteigt unsere irdische, auf Kompromissen angelegte Welt.

Ein junger Mann: Wir passen nicht zusammen, wir haben verschiedene Vorstellungen vom Leben, sagte ich jeden Tag zu mir, um mich zu beruhigen. Meine Freundin will Konzertpianistin werden.

Der Mittag stand still im Raum. Jetzt gibt es wieder Bewegung. Der Tag geht langsam in den Nachmittag über.

Sei doch froh, das es so ist wie es ist.

Du darfst von deinen Kindern keinen Dank erwarten. Das kannst du ihnen nicht vorwerfen. Du lehnst ihn ab und das spürt er.

Ich habe mir nichts vorzuwerfen.

Irmgard brachte mir damals eine Schlachtplatte, denkt König. Ich wollte eigentlich keine, es war ein Missverständnis.

Eine Kellnerin zu Peter König: Es soll auch Menschen geben, die ihre privaten Probleme ohne Alkohol lösen.

Morgen trinke ich mein letztes Glas Wein. Der Rest wird weggegossen. Ich hoffe, dass mir das gelingt.

Der Einzelgänger: Ich mag diese Weinstube nicht mehr, sie gehört der Vergangenheit an. Ich habe auch Angst, hier von jemandem gekränkt zu werden.

Einer flüstert: Die tief sitzende Angst vor der Vergänglichkeit wenigstens durch Erinnern, durch ständiges gedankliches Wiederkauen ein wenig zu betäuben und ihr damit entgegenzuwirken, sich der neuen Zeit, der Zukunft nicht zu schnell zu öffnen.

Das ist Selbstbetrug, mein Freund. Man versäumt die Zukunft, wenn man sie nicht planend gestaltet.

Der Schriftsteller erzählt: Ich bin trotz der Tatsache, dass mein Buch auf der Messe ausgestellt wurde, ernüchtert. Mir ist, als blickte ich in eine Landschaft, die sich im Dunkeln verliert.

Ich habe mit meinem Verleger ein Glas Sekt getrunken, das war gut so. „Anspruchsvolle Bücher lassen sich besonders heute schwer verkaufen", sagte er. Was meinte er mit „besonders heute"?

Mit meinem Buch sei er ein Risiko eingegangen, aber es habe ihm gut gefallen. Er und die Lektorin seien sehr angetan gewesen. Die Dame hielte mich für begabt. Aber mit einem kommerziellen Erfolg würde er nicht rechnen. Er beabsichtige aber, mein Buch ins Internet zu stellen als Anreiz zum Lesen.

Ich freue mich. Der Verleger scheint nicht nur, wie viele seiner Kollegen, ein Geschäftsmann zu sein, sondern auch ein Literaturliebhaber. Jetzt geht es mir nicht mehr darum, bekannt zu werden, sondern vor mir selbst zu bestehen.

Ich bin selbstbewusst und deshalb überzeugt: Der Verlag besitzt mit meinem Buch ein Goldstück.

Wenn ich noch etwas vom Leben haben will, muss ich mit dem Weinsaufen aufhören.

Aber der Wein macht doch fröhlich, sagt eine Frau zu dem alkoholkranken Mann.

Rentner hocken zusammen an einem Rundtisch. Eine Alte kommt herein. Setz di zu uns, sagen die Männer. Der Wein macht bessere Menschen, sagt die Frau.

An einem Wintertag fährt der Pensionär aus Hamburg mit dem ICE in Richtung Süden. Er freut sich auf seine Stifterstube. Er blickt aus dem Fenster des Abteils.

Kinder rodeln am schneebedeckten Abhang. Mitten im Grau-Schwarz und Weiß die bunten Farben und die kreischenden Stimmen.

Ein bleierner, niedriger Himmel hängt über der Weite des Tales. Der Zug rast durch eine endlos scheinende weiße Winterlandschaft. Bisweilen schimmert ein Stück von der schwarzen Ackerkrume durch.

Nach einem Halt zweigt das Gleis einer Nebenstrecke von der Haupttrasse ab, verschwindet im Dunstschleier.

Hier ist der Raum, in dem ich mit Jule zu ersten Mal saß, erzählt der Pensionär. In einem Alter von 34 Jahren begann für mich hier eine neue Zeit. Ich lebte auf, die Vergangenheit war erloschen. Dieser Raum hat mehr als alle anderen in meinem Leben eine wichtige Rolle gespielt. Es war Herbst. Wir wanderten am nächsten Tag durch die Umgebung. Ich sehe noch das gelbe Weinlaub vor mir und die kahlen Pappelreihen. Die Weinberge leuchteten im Schein einer milden Novembersonne.

Der Pächter im Lodenjanker kommt. „Grüß Gott" ruft er nach allen Seiten.

Der Gedanke quält mich, fährt der Pensionär fort, ich könnte meine Jule verlieren. Ein bisher nie gekannter Schauder lief mir gestern über den Rücken. Das Gefühl, nein, das unbarmherzige

Wissen: es gibt so etwas wie den Tod, er ist kein abstrakter Begriff, er hat Substanz, besitzt Realität.

Mit Jule habe ich alles aufgebaut. Mir war zumute, als bewegte ich mich in einem leeren Raum, in dem es weder einen anderen Menschen noch jemals wieder Möbel geben würde. Die Tränen kamen mir um meinetwegen. Ich glaube, man weint um sich, wenn man trauert. Man weint aus Angst vor der Einsamkeit, in die man durch das Fehlen des anderen gestoßen wird.

In einer so kritischen Phase wie der jetzigen weiß ich erst, was ich an ihr habe. Ich weiß es natürlich auch sonst, aber jetzt besonders. Ich bete, dass es ihr bald besser geht. Bei solchen Anlässen merke ich wieder, wie sehr ich Jule liebe und brauche. Sie ist warmherzig und sanft, und sie weiß sich auch zu wehren.

Der Pächter fragt einen Kellner: Ist alles klar? Der bejaht.

Der Pensionär leise: Ich gehe mechanisch durch den noch kahlen Wald, sehe keinen Baum mehr, der Blick ist nur noch auf den Boden gesenkt.

Als Jule vor einer Woche krank wurde, war ich völlig ratlos, sah für einen Augenblick unsere zusammen aufgebaute Vergangenheit einstürzen. Ohne ihre Gegenwart würde ein gemeinsam erbautes Haus in Trümmer fallen. Jules Erkrankung ist ein Warnzeichen. Sie zeigt, wie schnell man durch ein äußeres Ereignis von seinen Plänen verdrängt wird.

Dieses Frieren, wenn keiner da ist, der sich um dich kümmert, dir wenigstens zuhört, wenn du deinen Kummer los werden willst.

Sie war früher eine wunderbare Geliebte und ein Kamerad, der mich warmherzig betreute.

Einen Tag später. Ich war bei ihr. Alleinsein macht traurig. Sie freute sich, als sie mich sah. Ich habe immer Sehnsucht nach ihr. Ich bin es nicht gewohnt, einen Abend allein zu verbringen. Ich rief an. Sie ist gut aufgehoben, sie muss Geduld haben. Es ist so schön, ihre Stimme zu hören. Ja, wir sind seit 30 Jahren innig miteinander verbunden. Das Gefühl füreinander wird immer stärker, je älter wir werden. Die Wohnung wirkt kalt und leer, wenn sie nicht durch ihre Gegenwart beseelt wird.

Eine Kellnerin sagt zum Schriftsteller: Der Platz, an dem Sie immer schreiben, ist leider besetzt. Aber ich gebe Ihnen ein Zeichen, sobald er frei wird.

Meine Jule muss leiden, sie hat noch starke Schmerzen. Unsere Tage geraten durcheinander. Ich male mir aus, es stünde schlimm um sie. Bei Jule rufen viele Leute im Krankenhaus an. Sie hat sich ja einen Kreis von Menschen geschaffen, die an ihrer Situation Anteil nehmen. Vielleicht kommt sie morgen schon nach Hause. Sie ist tapfer, ich nehme sie mir zum Vorbild.

Mit Geduld versucht meine Jule, die langen Tage durchzustehen. Ihre Erkrankung hat mir bewusst gemacht, wie brüchig alles ist. Ich bin nicht mehr jung, 68 Jahre alt. Aber es gibt noch zwei Frauen auf der Welt, die zu mir sagen würden: Du bist das Liebste was ich habe. Meine Mutter und meine Frau.

Ein Nachbar, der dem Pensionär zugehört hat: Ihre Mutter?

Ja, sie ist schon 98 Jahre alt.

Der Schriftsteller: Ich will immer noch mehr Welt in mich aufnehmen. Es ist die eine Seite meines Wesens, die andere will das Erlebte gestalten, die Welt formen. Beide Impulse gehören zusammen, obwohl sie sich gegenseitig zu behindern scheinen.

Haben Sie schon gehört? Der Herr König ist tot.

Oh Gott! Wie ist denn dass passiert?

Beim Tennisspiel soll er gestern plötzlich umgefallen sein. Herztod in einer Sekunde.

Das ist ja schrecklich. Dieser nette Mann. Er grüßte immer so freundlich. Wir haben uns einige Male unterhalten.

Jahre später

Der dicke Kellner hat mich immer interessiert, sagt jemand. Manchmal verschwindet seine bittere Miene, wenn er sich ein kleines freundliches Lächeln abquält. Er gibt sich heute wenigstens Mühe, angenehm zu wirken.

Der dicke Kellner gibt sich leutselig, erkundigt sich nach den persönlichen Interessen der Gäste.

Ist das Zimmer fertig geworden? fragt er ein Ehepaar.

Wenn ich noch etwas vom Leben haben will, muss ich mit dem Saufen aufhören, sagt ein Gast. Dieser Winter entscheidet über mein Leben.

Ein älterer Herr: Oft bilde ich mir ein, lange allein sein zu können. Es gelingt nicht.

Ein gepflegt gekleideter Herr erscheint auf der Schwelle des Eingangs, zögert, bleibt stehen. Dann blickt er wie ein General in den Raum. Viele scheinen sich zu ducken. Hoffentlich setzt er sich nicht zu uns. An unserem Tisch ist leider noch ein Platz frei.

Die Lagune vor Torcello von Nebelschleiern durchzogen. Herrlich. Ein leeres Gartenlokal, welch eine Freude. Wir setzten uns in die Mitte, um Gäste anzulocken. Wer mag schon gern allein sitzen. Aber kaum standen die Spaghetti vor uns auf dem Tisch, als die Reisegruppen kamen. Vorher dachten wir: der arme Gastronom, er ist sicher froh, dass er uns zu seinen Gästen zählen darf.

Ich möchte allen erzählen, sagt ein Rentner, was ich erlebt habe. Aber es ist zu schön für mich, als dass ich es den anderen, die mit verschlossenen Mienen an mir vorbeisehen, mitteilen könnte. Sie wollen auch nicht, dass ich mein Inneres vor ihnen offenbare. Nur schlimme Erfahrungen würden ihre Neugier wecken. Würde ich mich nicht auch abwenden, wollte einer von ihnen mir von seinem Glück erzählen?

Es geht gegen Mittag. Die Sonne brennt durch die kleinen Fensterscheiben des Lokals.

Ein Rentner erzählt: Ich war trunken von Dankbarkeit und Glück. Es ging ja nicht nur um die eine alte Dame, meine Zimmerwirtin – es ging um mich und meine Rückkehr in die Vergangenheit, meine Jugend. Wie sie meinen Vater zitierte, seinen Brief von damals, den er mir zum 21. Geburtstag schrieb. Ich klingelte und war plötzlich sicher, sie würde sich, die Tür meine ich, für mich öffnen. Die Frau stand auf der Schwelle und sagte sofort: Herr Lorenz! Stellen Sie sich das vor, wir hatten uns 40 Jahre nicht gesehen. Später sprach sie vom Sterben. Sie möchte schlafen.

Ich will mein Leben nicht mehr von außen steuern lassen, sagt jemand. Ich spüre, dass ich mich seit Jahren im Kreise drehe. Ich entwerfe immer dieselben Pläne und gebe sie dann wieder auf, nur um nach kurzer Zeit dieselben Pläne wieder aufzugreifen. Das Leben zerrinnt, ich muss es strukturieren. Auf zu neuen Ufern.

Sich einsam als Single zu fühlen, lässt die Hoffnung zumindest keimen auf eine neue Chance, auf einen Durchbruch zu neuem Glück. Aber weißt du, die Ehe unserer Tochter – ein Schrecken ohne Ende.

Überall heißt es heute: Rette sich wer kann. Statt Gemeinsinn ein Nischendasein. Die Menschen ziehen sich zurück. Wer zugrunde geht, hat Pech gehabt, einfach nicht aufgepasst. Es ist seine Schuld, wenn ihm etwas widerfährt.

Guck mal, immer neue Gesichter, schrecklich.

Aber doch besser als immer die alten hier sehen zu müssen.

Eine Frau: Und ich sage dir Christine, Kraft kann man nur aus der Zweisamkeit schöpfen.

Ein Pensionär, allein lebend: Ich will mir beweisen, dass ich noch nicht abhängig vom Alkohol bin. Aber wie? Durch das viele Weintrinken nach der Trennung von meiner lieben Frau bin ich larmoyant geworden.

Ab morgen wird der neue Mensch aufgebaut. Ihr lacht, weil ich das schon so oft gesagt habe. Aber ich habe gelernt, dazugelernt. Eine neue Lebensform kann man nicht durch Vorsätze erzwingen. Nur langsam reift man einer neuen Stufe entgegen. Ohne Planung findet man sich dort plötzlich wieder und staunt, dass man ohne seinen Willen dort angelangt ist.

Ein Autor: Ich habe Angst, berühmt zu werden, Angst, ins Rampenlicht gezogen zu werden. Dahinter steht wohl die Angst vor dem Nichts.

Ein Rentner: Behagen und Wein schlürfen bringt mir keine Zufriedenheit. Wir sind alle so satt und doch so hungrig wie noch nie. Worauf hungrig? Am Eingang unseres Stiftes las ich: Niemand kann mich verstoßen aus deinen Händen.

Aber ich gehe jetzt allein durch die Nacht, in mein Zuhause, das einem die Einsamkeit bewusst macht.

Ich habe nie um meinen Arbeitsplatz fürchten müssen, niemals, sagt jemand.

Ein Gast zieht die neue Kellnerin ins Gespräch. Er redet pausenlos auf sie ein. „Genau", sagt sie in Abständen. Nur das eine Wort: „genau".

Ein Stammtischbruder: Ein Mann, der liebt, wird anderen Frauen gegenüber impotent, das weiß ich. Die Liebe bindet die Sexualität. Der Mann ist mit seinem Verlangen monogam, auf eine einzige Frau konzentriert. Ich habe das selbst erlebt.

Aber zunächst muss mein Bauch weg. Neulich fühlte ich mich als alter Mann, obwohl ich erst, na, was meint ihr ...? Ihr dürft raten.

Na, wir schätzen dich auf 68.

Nein, ich bin 58. Heute Morgen erklomm ich nur mit großer Mühe unseren Schlossberg.

Ein Trinker: Jedes mal, wenn ich Alkohol trinke, reißt mich die Sucht mit sich fort, lässt mich alle guten Vorsätze vergessen. Ich vergesse jedes Maßhalten.

Schleichend nagt die Zeit und plötzlich sieht man im Spiegel ein anderes Gesicht, erschrickt.

Die Tischnachbarin: Nur dann, wenn man selten hineinschaut. Mich kann ein Blick in den Spiegel nicht mehr überraschen.

Wir waren auf dem Canale Grande, die Lehrerin zeigte auf einen Palast: „Das ist der typische Übergangsstil" sagte sie.

Am Rio Barnaba sahen wir einen Kater, der schielte. Er gehörte einem Schuster, aber so süß.

Diese Droge Alkohol enthält ein lähmendes, den ganzen Menschen hilflos und gleichgültig machendes Gift. Andere mögen high sein. Ja, das gab es bei mir früher auch. Dafür muss man einen hohen Preis bezahlen. Die Zeit ist lange vorbei, man wird irgendwann maßlos. Jede Droge fördert den Todesgedanken. Ich beobachte mich selbst dabei. Es entsteht eine verhängnisvolle Liebe zum Chaos. Von der Lust, sich selbst zu zerstören, kann ein Sog ausgehen, dem man kaum zu widerstehen vermag.

Manchmal glaube ich, ich brauche einfach das Gefühl, kaputt zu sein, sagt ein junger Mann.

Wenn sie am Nebentisch flüsterten, dann dachte der Einzelgänger, es beziehe sich auf ihn und seinen verzweifelten Zustand.

Der junge Mann: Wenn ich nur an etwas glauben könnte, an irgend etwas, für das sich ein Einsatz lohnte. Es gibt nichts. Es sei denn, ich suggeriere mir ein, es gäbe etwas.

Es ist, als ob die steigende Wärme den Tag zum Stillstand bringt.

Der Autor: Ein Defizit löst immer den Impuls zur Kreativität aus. Ich hasste mich. Dann wollte ich nur noch schreiben. Nur psychisch Beladene sind kreativ, davon bin ich überzeugt.

Sanftes Rauschen des Mairegens im Laub der Bäume. Es regnet schon seit Tagen.

Eine Straßenbahn zittert draußen langsam vorbei wegen der Bauarbeiten, die auf der Promenade stattfinden.

Der Autor: Es geht aufwärts, für alle. Ein Tor öffnet sich zu Höherem. Meine innere Stimme sagt mir, dass noch eine große Aufgabe vor mir liegt. Aber welche?

In der Jugend glaubt man ewig zu leben, sagt jemand. Man hat es nicht nötig, in ein neues Bewusstsein zu fliehen, es gibt ja keine Endlichkeit.

Einer erzählt: Ich fuhr im Zug. Der Betrunkene glaubte, ich sei ausgestiegen, aber er hatte nur den Platz gewechselt und hockte jetzt hinter meinem Rücken. Er hatte sich eine neue Bierdose besorgt.

Der Trinker: Schwarzriesling, ja, das ist der Wein für mich. In kurzer Zeit stürze ich zwei Rote hinunter. Laut: Kellner Mario! Wo ist Mario? Herr Mario! Mein Tisch hat sich verändert. Das ist nicht mehr mein Tisch, er scheint verfremdet. Statt zwei Stühle stehen jetzt drei an ihm.

Ein Lehrer: Schüler, die sich mit dem Lehrer als Autoritätsperson nicht mehr identifizieren können, werden unsicher, verweigern schließlich den Gehorsam. So verbindet sich eine Autoritätskrise beim Lehrer mit einer Identitätskrise beim Schüler. Der Nachgeordnete kann eine weiche Autorität, die auf ihren Anspruch und ihre Forderungen verzichtet hat, nicht mehr anerkennen.

Jemand sagt: Vielleicht haben die jungen Leute Recht. Unser Gott, unser abendländischer Gott heißt Mammon, besteht aus Werbung,

Unterhaltung, Einschaltquote. Wir haben den Untergang verinnerlicht, ohne noch darüber zu reflektieren.

Der Autor zu seiner Tischnachbarin: Ja, gnädige Frau, das müssen Sie wissen: die Selbstdarstellung ist ein elementarer Trieb von Menschen, die unter inneren Spannungen leiden. Es gibt einfach strukturierte Menschen, die sehr intelligent sein können. Ja sicher. Und dann gibt es komplizierte Menschen wie mich, die nur in der Selbstdarstellung eine Überlebenschance sehen. Komplizierte Naturen müssen schreiben, malen oder komponieren.

Darf ich Ihnen etwas vorlesen? Ja? Danke.

Wärme durchflutet das Umfeld. Eine Wärme, die matt wirkt, das gelbe Laub nur zart berührt, bevor neue dunkle Wolken hochziehen. Der kleine Rest vom blauen Himmel: kalt, unnahbar. Blätter wirbeln durch die Luft, die schwarzen Hecken stehen kahl und stumm im Wind.

Na, wie finden Sie das?

Lesen Sie weiter. Der Autor: Das helle Licht auf dem Weg, so ruhig und sanft, voller Versöhnung. Die Szene wechselt: Wind und Regen ziehen über ihn hinweg. Der rettende Schatten der Bäume, er erscheint zu selten auf dem von Gluthitze erfüllten Weg.

Der Autor: Ich sehe mich in meinen Träumen von liebevollen Bewunderern umgeben.

Eine Kellnerin sagt: Aber das ist doch hier Ihr Stammplatz, an dem Sie immer schreiben.

Ein Alter, kriegsversehrt: 1949 habe ich eine Goethe-Feier inszeniert, Gedichte vorgetragen. Es gab damals keinen Konsum, wir waren alle hungrig, vor allem geistig. Eine Zeit, in dem einem das Brathendl noch nicht aus dem Maul heraushing.

Der Autor: Das Vanitas-Gefühl lauert, wenn ich Erfolg habe. Es schleicht sich sofort in meine Seele, wenn mich jemand bewundert. Worauf beruht dieses Gefühl, das mit Einsamkeit verbunden ist?

Ein Philosoph am Nebentisch: Ich habe Ihnen zugehört. Ihr Gefühl beruht auf dem Verlust des Letzten. Das Vorletzte – eine Bewunderung, ein Erfolg – schafft immer dann im Bewusstsein eine Vereinsamung, wenn man hinter Glamour und Jubel, der Welt des Scheins also, keine Transzendenz mehr vermutet. Grausam aber wahr: Das Vorletzte wird zum Letzten.

Ein Rentner: Mein verzweifelter Versuch, mich an die Vergangenheit zu klammern, um die rasende Zeit wenigstens in meinem Bewusstsein zum Stillstand kommen zu lassen.

Ein Student: Bei einfachen unbedarften Mädchen konnte ich mich immer ausruhen, sie verkörperten eine Gegenwelt.

Ein Rentner kommt in die Gaststube. Ein milder Herbsttag, sagt er. Ja, die Sonne kämpft sich durch Schleier, überall liegen die Kastanien. Ach, die Jugend denkt nicht an Vergänglichkeit, mit Recht.

Wenn ich nicht mehr nach vorne blicken kann, bin ich verloren, sagt einer.

Du merkst überhaupt nichts. Eine Mutter muss immer da sein für ihr Kind, auch wenn es noch so schlimm geht.

Ach, deine Mutter. Du hast eigentlich nie eine richtige Mutter gehabt.

Jetzt im Alter merke ich, meine Mutter war nie für mich da.

Eine Frau steht auf, sie ruft laut: Nun sei endlich still, alles hört man ja mit.

Der Pächter: Aber liebe Frau, wer Probleme hat, ereifert sich schon mal, vergisst seine Umgebung, und erst recht beim Wein.

Die Frau mit giftiger Miene: Ich geh jetzt.

Gut so, besser du gehst.

Unerhört. Muss man sich so etwas bieten lassen!

Das liegt an deinem Stil.

Du provozierst immer.

Ja ja, ich bin schuld, dass ich Kinder auf die Welt gebracht hab. Ich hab die Nase voll, mir reicht's.

Erotik existiert nur in der Phantasie, sagt ein Mann. Die Liebe vergisst das Erotische und lässt den Betroffenen in einer anderen Sphäre schweben. Es ist das feine Gesicht, die warmen Augen, die dominieren, nicht mehr die Lüsternheit weckenden glühenden Lippen oder ein wohlgeformtes Hinterteil.

Die Unschuld des Hinterteils, weist du, entsteht durch die Feinheit des Gesichtes.

Eine Frau: Ich leide seit einer Woche unter Schlaf- und Verdauungsstörungen und Unlustgefühle kommen dazu. Mir fehlt jeder Antrieb.

Das liegt am Wetter, sagt die Frau neben ihr.

Der Autor: Die Einsamkeit, die derjenige spürt, der sich seiner tieferen Natur bewusst wird ... Ich habe meine tiefere Natur immer verdrängen müssen, als ich sie entdeckt hatte.

Warum?

Warum? Aus Verzweiflung. Ich habe meine geistige und übersensible Natur verdrängen müssen, um nicht in unserer degenerierten Spaßgesellschaft seelisch zu leiden oder gar zugrunde gehen zu müssen. Ich lese Kirkegaard „Krankheit zum Tode". In seinen Gedanken finde ich mich wieder.

Ein Rentner: Ich merke immer mehr, wie mich alles anwidert: der im Fernsehen aufgeblähte Sportteil, die banale Welt der Popstars, die Glitzerwelt der sogenannten Prominenten.

Das ist nun einmal unsere Zeit. Hans, du wirst daran nichts ändern können. Nimm sie doch wie sie ist. Freu dich, dass wir hier keinen Krieg haben. Prost. Der Wein ist gut.

Du hast schon Recht, aber wir haben doch Krieg. Wir haben doch immer Krieg.

Ja, aber doch nicht vor unserer Haustür.

Wir möchten Kalbsbries mit Pfifferlingen, sagt eine Frau.

Die Pieta von Michelangelo, der tote Jesus und die Mutter – fast noch ein Mädchen – verschmelzen miteinander. Es ist, als holte sie ihn zurück in ihre mütterliche Geborgenheit. Wart Ihr schon einmal in Rom?

Ja, ich finde Maria wirkt wie eine Schwester.

Der Kellner: Der Herr kriegt noch nen Dreier. Sie wollten doch den Riesling?

Die junge Kellnerin, knospende Brüste, ein jungfräulicher Po, ein unverdorbenes Gesicht. Ein anständiger Kerl würde sie nicht berühren wollen, denkt der Mann.

Mein Beruf hat mich die Angst vor Menschen gelehrt. Die Angst verbirgt sich hinter meiner Freundlichkeit, sagt jemand. Viele halten mich für einen Menschenfreund. Ich bin es nicht.

Ein Professor: Ich kann zu jeder Zeit einen Vortrag halten über unsere kranke Gesellschaft, aus dem Stegreif.

Worüber sprachen Sie gestern?

Über die Familie heute, die vielen geschiedenen Ehen, die allein-stehenden Mütter, die sich selbst überlassenen Kinder, die verein-samen.

Zwei Frauen. Eine erzählt: Sie war hin- und hergerissen zwischen dem Mann, den sie liebt, und ihrem Vater, der ihren Freund nicht wollte. Er will nur dein Geld. Aber sie wusste es besser. Ihr Michael liebt sie aufrichtig. Nie hat er auch nur einmal nach ihrem Geld gefragt.

Wenn einer der Gäste dem Kellner eine Meinung sagt, dann lacht dieser nur kurz auf und sagt jedes Mal: da gebe ich Ihnen Recht. Immer nur das eine: Da gebe ich Ihnen Recht.

Ich kannte einen Pensionär, sagt ein Kellner, der fuhr mit dem ICE von Hamburg jede Woche ins Frankenland, nur für einen Tag, um hier zu essen und zwei Schoppen Wein zu trinken.

Von Hamburg hierher?

Ja, an einem Tag, hin und zurück, und das mit fast 70 Jahren.

Nur um zwei Schoppen Wein zu trinken?

Das weiß ich nicht. Vermutlich trank er auch mehrere, so ein Tag ist schließlich lang.

Stimmen, durcheinander.

Im Fernsehen wurde gestern ein junger Lehrer gezeigt, erzählt eine Frau, der nur noch dadurch vor den Schülern bestehen kann, dass er sich vor ihnen als Showmaster betätigt.

Die Zeit ist vorbei, in der man Opfer zu bringen bereit ist. Wurden nicht Opfer immer nur verordnet, von anderen ideologisch verschönt?

Weil ich nicht mutig genug war, sagte ich im Beruf viele Dinge, die nie meiner Meinung entsprachen. Schlimm ist es nur, wenn man sich unter Bekannten nicht aussprechen darf.

Die laute Musik unserer Nachbarin kann wie ein Schrei gedeutet werden, mit dem sie auf Einsamkeit reagiert, immer dann, wenn sie von der Arbeit kommt. Das Gefühl allein zu sein, betäubt sie durch Lautstärke.

Eine Frau: Friedliebende Menschen können mit Streitsüchtigen nicht harmonieren, das war doch immer schon so. Sie sollten sich besser aus dem Wege gehen. Scheinbare Meinungsverschiedenheit nimmt meine Schwiegertochter immer zum Anlass, um ihre Hasstiraden auf mich loszuwerden. Vielleicht gehört sie zu den unseligen Menschen, die ein harmonisches Beieinander nicht lange ertragen können.

Wir ziehen mit dem Moderator von Studio zu Studio und setzen zum Beifall an, wenn uns ein Zeichen gegeben wird, dass die Zuschauer zugeschaltet sind.

Du, Ruth, ich hatte einen bösen Traum. Ich eile zum Bahnhof, der Zug ist abgefahren. Ich frage einen Bahnbeamten: Wann fährt der nächste? Die Antwort: Es gibt keinen Zug mehr, niemals mehr.

Wir essen heute Wallerfilet in Wurzelsud. Und Ihr? Gänsebrust mit Schmorapfel.

Zwei Männer im Gespräch. Gestern wieder Angriffe auf Polizisten, sagt der eine. Steine sollen sie geworfen haben. Es gibt immer Menschen, die aufgrund ihres Frusts, ihres eigenen Versagens Terror und Randale um ihrer selbst willen suchen.

Der andere: Sie meinen immer nur sich, suchen ein Ventil, um ihren Aggressionstrieb auszutoben, wenn sie sich scheinheilig hinter Demonstranten verstecken, die ihren Unwillen, ihren Missmut auf friedliche Weise bekunden.

In einem Nebenraum singen sie:
>   Es leben die Studenten
>   stets in den Tag hinein.
>   Wären wir der Welt Regenten
>   sollt immer Festtag sein.

Wer wirklich liebt, will treu sein. Er kann gar nicht anders. Das Fremdgehen, das Abenteuer ist für ihn gar kein Thema, meint eine Frau.

Aus dem Nebenraum ertönt der Gesang:
>   Und wankten auch die Beine,
>   er trank und murrte nicht.

Eine Frau lauscht den jungen Stimmen. Sie nimmt das Glas zur Hand, zögert, es an den Mund zu führen, stellt es wieder auf den Tisch zurück, um besser nachdenken zu können.

An der Wand ein Tafelbild: Bischof Gerhard spricht ein Dorf vom Zehnt ledig.

Ein anderes Bild zeigt, wie ein gewisser Johannes vom Steren den Armen und Bresthaften Hülf und Obdach gewähret.

Ein Bischof rief das Spital ins Leben, sagt der Pächter. Dieses Lokal ist benannt nach dem Stifter. Schauen Sie einmal auf den Text unter diesem Bild. Ein Spital, wie es damals hieß: Für allerhandt Arme, Kranke und schadhaffte Leuth. Das Weingut ist übrigens mit seinem Erlös ein Teil dieser Einrichtung.

Die guten alten Zeiten, eine notwendige Illusion, belehrt ein Rentner. Die alten Zeiten waren nie wirklich gut. Sie erscheinen im Rückblick als gut, weil der Mensch dazu neigt, die Vergangenheit zu verklären. Aber die gegenwärtige Welt wäre ärmer, wenn der Mensch sich nicht mit der Vorstellung einer besseren Vergangenheit tröstete.

Diese Illusion hat eine Funktion: sie gibt Halt in der Gegenwart dadurch, dass der Mensch sich einbilden kann, er habe schon einmal etwas Besseres erlebt. Er nimmt diese verklärte Vergangenheit zum heimlichen Maßstab. So kann er sich besser der Hoffnung hingeben, diese guten alten Zeiten würden einmal in der Zukunft wiederkommen. Er würde sie vielleicht noch erleben. Dann würde die Zukunft an die vermeintlich gute Vergangenheit anknüpfen.

Eine junge Intellektuelle: Das Wesen der Frau, was ihr Verhältnis zum Mann angeht, liegt in der freiwilligen Hingabe. Darin erfüllt sich ihr Wesen und zugleich ihr Sieg. Sie will sich nach einer Zeit der Werbung von Seiten des Mannes verschenken. Eine Vergewaltigung bezieht sich also nicht nur auf den Körper, sondern auf das ganze Wesen der Frau und damit auf ihre Würde.

Nachdem er lange geworben hatte, sagte ich: Gib dir keine Mühe, ich möchte nicht. Damit setzte ich seiner lästigen Aufdringlichkeit ein Ende, blockierte seine Hoffnung für den Augenblick. Er sollte schließlich Geduld beweisen und dadurch zeigen, dass es ihm um mich, meine Person geht, die er zu lieben behauptet.

Meine Frau ist tot, sagt jemand. Ich schreite die Wege noch einmal ab, alle Wege, die ich mit ihr früher gegangen bin.

Gut, dass es den Lieben Gott gibt, sagt die Frau am Nebentisch.
Ihr Nachbar fühlt sich genötigt, etwas zu sagen.
Ob es einen lieben Gott gibt oder keinen, das wissen wir nicht. Aber es ist vielleicht wichtig, dass es viele Menschen gibt, die daran glauben. Das ist gut für sie. Die Frau schaut verwirrt.

Der Mann erzählt: Ich habe meine Schwächen immer Menschen eingestanden, von denen keine Gefahr für mich ausging. Am liebsten waren mir Menschen, die ich zufällig kennen gelernt hatte und von denen ich mit Sicherheit wusste, dass ich sie nie wieder sehen würde. Vertrauen Sie sich nie einem Menschen an, mit dem Sie bekannt sind oder vielleicht sogar glauben befreundet zu sein.

Aus dem Nebenraum erschallt der Gesang: Nie kehrst du wieder, goldene Zeit, so jung und ungebunden.

Eine Szene im Fernsehkrimi gestern hat mich beschäftigt, fährt der Mann fort, eine alte Frau sagte da zum Raubmörder: Machen Sie es kurz, wenn Sie müssen. Ich bin doch so einsam, erlösen Sie mich. Schlagen Sie so zu, dass ich nichts merke. Sie sind doch ein stattlicher Bursche.

In geistig niedrigen Zeiten, sagt jemand, werfen auch Zwerge lange Schatten. Hat das nicht Karl Kraus gesagt? Überall billige Polemik, billige Rhetorik, alles durchsetzt von Heuchelei und Häme. Gerede, Gerede. Aber das alles gab es wohl schon immer.

Ein Student: Ich liebte ein Mädchen, das weit entfernt lebte. Ich liebte sie wirklich. Aber das schloss nicht aus, dass ich amouröse Abenteuer suchte. Denn das, was ich jetzt suchte, war etwas anderes. Das Mädchen, das ich liebte, war eher eine Heilige, die ich noch nicht berührt hatte.

Eine Studentin: Der Reinhard ist in der Terminologie drin, zeig ihm den Kontext.

Eine andere: Du, Ralf ist ein netter Kerl. Ich mag ihn wirklich.

Ein Künstler: Ich habe heute versucht zu malen. Aber welchen Sinn hat es? Nur den, mich von dem Gedanken mich umzubringen, abzuhalten. Es dient dem Überleben. Es wirkt den mörderischen Depressionen, unter denen ich leide, entgegen. Das ist alles. Ob ich unsere chaotische Welt noch darstelle, das heißt, das Chaos, das ich erlebe, nur empfinde oder auch noch herausschreie – was bringt es?

Der Mensch muss sich an eine Autorität binden, sagt jemand, sonst gerät er unter die Diktatur seiner Triebe.

Eine Alte torkelt durch die Räume und singt: Ein Mann nach meinem Herzen kann nur ein Jäger sein, und kann es denn kein Jäger sei, dann bleib ich lieber allein.

Meine Erfahrung, sagt der Student: das Glücksgefühl, das die Liebe schenkt, wird durch Sex nicht vergrößert. Im Gegenteil. Kommt die physische Liebe hinzu, dann zieht sich die Seele zurück, als wollte sie etwas ihr Fremdes meiden.

Ein geschiedener Vater: Wie ungerecht! Aber so musste wohl die Jugend sein. Verfügte sein Sohn über Lebenserfahrungen? Durfte er über das Verhalten seines Vaters so streng urteilen?

Eine Frau: Die Kartoffelsuppe kann man hier nicht jeden Tag essen. Nur an zwei Tagen in der Woche: mittwochs und freitags. Nur an diesen Tagen wird die Suppe frisch gekocht, die Shrimps sind dann noch knackig, der Majoran hat sein Aroma behalten.

Im Nebenraum singen sie: Nie kehrst du wieder, goldene Zeit, so jung und ungebunden.

Ein stark angetrunkener Rentner randaliert und belästigt Gäste. Seien Sie doch nicht so hart zu mir, ruft er. Ich bin doch so allein. Zu Hause ist die Hölle.

Die Kellner bleiben unerbittlich.

Der eine hilft dem Alten in den Mantel.

Kommen Sie gut heim! sagt er in einem bestimmten, aber nicht unfreundlichen Ton.

Wo kommt der Spargelsalat hin? fragt ein anderer.

Von Jürgen Reimer erschienen bisher folgende Bücher:

Der Ferienschreiber (1998), Roman
ISBN 3-89501-627-6

Gruppenreise (2001), Roman
ISBN 3-8280-1412-7

Jahre eines Unbehausten (2002), Roman
ISBN 3-8280-1689-8

Ein stiller Rebell (2003), Roman
ISBN 3-8330-1079-7

Sie warfen Feuer auf die Stadt (2004), Roman
ISBN 3-8334-0717-4

**Der „außerordentliche" Mensch und das
Problem der Disziplin bei Thomas Mann** (2005), Essays
ISBN 3-8334-2454-0

Ein Abschied in Rom (2006), Roman
ISBN 3-939305-09-X

Das Fest (2007), Erzählung
ISBN 10: 3-8334-6101-2 ISBN 13: 978-3-8334-6101-9

*Jürgen Reimer, geb. 1933, war nach seinem Studium in Hamburg
und Tübingen (Philosophie, Germanistik, Latein) als Gymnasial-
lehrer tätig und lebt heute als freier Schriftsteller in Hamburg.*